NOT HEAVEN, SOMEWHERE ELSE

天国ではなく、どこかよそで

レベッカ・ブラウン 著　柴田元幸 訳

twililight

もくじ

天国ではなく、どこかよそで

豚たち

昔むかし　豚たちがいました。豚たちはべつべつ三軒じゃなく　同じ一軒の家に暮らしていました。その方がよかったかもしれないけど　よくなかったかもしれません。何をやってもムダってことだったのかもしれないけど　よくわかりません。
大きいのが二、小さいのが一、小さいのはゴルディロックスみたいな小さな訪問者じゃなく　そこにすんでたほうです。ちっちゃな仔豚です。
オオカミはいなくて　豚たちだけでした。でもそれで足りるんです。
ふー、ぷー、ぶー　ふー、ぷー、ぶー、たがいにこっぱみじんになるまで吹きたおしあいました。ある日　家がバクハツしてしまいました。ほんとは一日よりもっと長くかかったんですけど　わたしの好きなように語るのだ。バーベキューみたいな匂いがしました。
でも一匹の豚は　丸焼けになってしまう前に　逃げました。
どの一匹だったかは　あなたが決めてくれれば。

狼と叫んだ女の子

助けて！　助けて！　と女の子は叫んだ。狼が！　狼が！

狼はすでに彼女の片手を食いちぎっていた。腕が切り株のように残っていた。赤い、筋っぽい、ぽたぽた垂れるものがそこから垂れていて、芯から引き裂かれた木の裏側みたいだった。紫っぽい黒いものがそこを流れていて、だんだん凝固していって、「癒えて」（この人たちのお気に入りの言葉）いるみたいに見えた。それと、真ん中に何か白いものが。助けて！　助けて、と女の子は叫んだ。助けて！　助けて！

まあまあ、と別の人間が言った。彼女は一人きりではなかったのだ。まあ落着きなさい。今度は何だね？

狼が、と女の子はもう一度叫んだ。助けて！　助けて！

またかい？　とさらに別の人間がため息をついた。もうみんな前に聞いた話だったのだ。狼なんか見えないよ。

ほかの人たちが、助けに来ていた。

誰か、狼が見える人は？

多くの首が横に振られ、多くの目が丸く開かれ、ほとんど愛情に近い苦笑が生じた。

じゃライオンか、虎か、熊は？（今度は少し笑い声。）おおっと！（ハハ。）あなた、何か私たちに伝えたいことは？

さて、もう一頭狼がいた。うしろから忍び寄ってきた。歯ががっちり、女の子の左のふくらはぎに食らいついた（なくなった手は右手だった。ひょっとして非対称の効果を狙って対角線上に攻めてるんだろうか？）。この狼は小さく感じられた。女の子は見てみようと首をねじった。たしかに小さい。前のやつの子どもか？　ママ狼が赤ちゃん狼に教えこもうとしてるのか？　ふくらはぎの噛み方はぞんざいで、ほとんどためらってるみたいだった。この傷はスパッと綺麗には残るまい。赤ちゃんは学んでいるのか？　だといいけど。長引かせるためにわざとこんなにぞんざいにやってるんじゃないといいけど。それはちょっとたまらない。学ぼうとしてるんだけどまだぞんざいな、駄目なやり方しかできない相手に自分は同情すべきか？　女の子は同情しようと努めた。

　ああ、狼、と彼女はふたたび叫んだ。狼が！　助けて！　大きい方もまだそこにいて、もう彼女の体に付属していない手をもぞもぞと、バーベキューのスペアリブを齧るみたいに齧っていた（これ、私じゃありませんよ――私、ベジタリアンですから）。その手がもう感じられなくてよかったと彼女は思った。でもふくらはぎの方はしっかり感じた。

　歯がふくらはぎの皮膚を嚙み、それから筋肉を嚙み、それから骨に当たった。（なぜふくらはぎを「カーフ」というのか？「人間の膝の下、脚の裏側の肉のある部分」〔『ニュー・オックスフォード・アメリカン・ディクショナリー』〕がどうやって「仔牛」と結びついたのか、そもそもこれって結びついてるのか？　カーフ＝「ウシ亜科の若い動物、特に生後一年以内の家畜化された雌牛・雄牛」または「その他の哺乳類動物の子。象、犀《サイ》、大型の鹿、羚羊《レイヨウ》、鯨など」かつ／もしくは「氷山から分離して浮かぶ氷の塊」。彼女の体から切り離された、温暖化によってではなく歯によって引き裂かれつつあるカーフは浮かぶまい。氷山のカーフは「ぽたぽた垂れる」という点ではある意味同様と見なせるかもしれないが、それらが今日全面的にもしくは大半、温暖化に――失礼、「気候変動」と言うのですね――よってもたらされているのか、それとも「自然な」現象なのか、中国が仕掛けた捏造なのか、あるいはどれがどの程度かはともかくそれらいくつかの組み合わせなのか、については論議の余地がある。溶けつつある氷冠は世界に迫りつつある破滅の前ぶれなのか？　かようにぽたぽた垂れるカーフを前にして、意識ある市民の責務は何か？）

ふくらはぎは引き裂かれ、ほとんど体から食いちぎられ、小枝一本という感じに肉が若干残っていたが、やがてそれも噛みちぎられて、焼けるような、迸《ほとばし》るような感触が生じ、めまいがして、ほとんど意識も失われかけ、ほとんど倒れるような感覚が訪れ、実際に倒れもし……。だいたいいつもと同様のことが起きた。

狼、狼、と女の子は口から泡を吹いて言った。助けて助けて助けて狼。ねえ、私にはあいにく狼なんて見えないわ。あいにく私たちの誰一人見えないみたい。口が苦笑していた。女の子の作り話にはもう飽きあきだった。

これ……これは……でっち上げじゃありません。みんなに見せようと女の子は、血まみれの切り株を持ち上げた。

わかったわ……別の誰かが苛立たしげに口をすぼめ、その手を、というか手でないもの、切り株みたいなものを、あたかもそれが握手を待っていたかのように握った。

誰かの手はそこから進んでいって切り株というか手なのか手でないのか実は空気か、その端から回り込んで、狼に噛みちぎられたところを指ががっちり摑んだ。これでもし感じることができたなら、昔のハロウィーンの手作りお化け屋敷風スパゲッティみたいに感じられたことだろう、ボウルに盛られたスパゲッティには葡萄が入っているがほかにも噛みちぎられた前腕の切れ端、手根骨《しゅこんこつ》、中手骨《ちゅうしゅこつ》が入っている。その人はさも友好的な感じに、手でない切り株と「握手」して上下に振った。何しろこの人たちは「友好的」な、「助ける」ためにに来てくれた人たちなのだ。

相手の手が血まみれの切り株に触れて、ぐるっと回って、「握手」したときに女の子は悲鳴を上げたかったが上げなかった。彼女はいまなお、礼儀正しくふるまおうとものすごく頑張っていたのである。


かつて別の人がいて、その人は友だちだった。彼も同じ目に遭っていて、手が嚙みちぎられたところに義手をつけていた。それが起きたとき女の子もそこに居合わせ、嚙みちぎる狼を引き離し、追い払うのを手伝ったのだった（これ、「ディキシー」を口笛で吹くみたいに楽じゃありませんでしたよ）。何を覚えてる、と女の子はその人に訊ねた。

何のこと？　と彼は訊いた。

狼、と女の子は言って、義手をあごで指した。

彼女はそのような義手を持っていなかったことをここで説明しておくべきだろう。彼女はトカゲのように、嚙みちぎられた部分がまた生えてきたのである。まあたしかに生えてきたやつはちょっと皺があったし傷もあって、色もちょっと黒かったが、見る人からすれば、自分が何かに気づいていることも気づかないたぐいのことであって、この人なんとなく変だなと思えるだけで、見ていてなんとなく落ち着かないけどわざわざ目をそむけるほどでもない。生え戻った箇所の焼けた感じ、傷になった感じのせいで女の子はどこか不気味に見えた。まあもっとも、はじめっからけっこう不気味だったたからそんなには変わらない。

よくわからないな、と彼は、お前何が言いたいんだよと詰《なじ》るような口調で言った。

人にそれを見られるのが彼は嫌だった。自分が不気味になった気がした。もうそれ以上彼の義手を見ないように女の子も努めたが、そうすると彼を見ること自体難しくなってしまった。

彼は女の子のことを、彼女がそこにいないみたいな目で見た。

女の子は自分がそこにいないみたいな気がした。

自分が人混みの中に立っている気がした。たとえばラッシュアワーのグランドセントラル駅とか、どこか現実には行ったことのない場所なのだけれどそういうふうにしか想像できなかった。で、そこに立って首がもげそうなくらいにギャアギャア彼女は絶叫していて、なのに通り過ぎていく無数の人たちは誰一人聞いてもいなくて、あるいは聞いてもいないみたいにふるまってるのか、どっちだか彼女にはわからなくて、それで自分の頭がおかしくなったような気がしたけれど、本当におかしくなったのかもしれないし、あるいは助けない口実なのかもしれなかったけど、彼女はもうどっちだか気にする段階を超えていた。

助けて、助けて、と女の子は静かに、もはや誰に向かってでもなく呟いた。助けて助けて助けて助けて助けて助けて。

＊

助けを求める叫びだったんだ、と彼らはあとになってからしばしば悲しげにささやいた。まるでそれまで、誰も助けを求めて叫んだことなどなかったかのように。しっかり叫んでたんだけど。何度も叫んでたんだけど。何回も、何回も叫んでいた。助けて！　助けて！　狼が！　と叫んで、しっかりしなさいと言われ、自分のことばかり考えてちゃ駄目よと言われ、やたら敏感になって泣き言ばかりじゃ駄目よ、自分を乗り越えなくちゃいけないのよ、と、ついに本当に乗り越えるまで言われつづけたのだった。

誰かほかに

誰かほかにもここにいる。わたしだけじゃない。わたしたち二人がいられるだけの場所はない。わたしがいられる場所だってない。なのに彼女はとどまっている、中に、わたしと一緒に。

彼女はずっとここにいたんだと思う。そういうそぶりを見せている。わたしが彼女をここに入れてやったのはごく最近だけれど。

善良なときの彼女は、どうやらじっと動かず、とても静かで、ここにいると知らなかったら、ほとんどわからないんじゃないか。

でもまたあるときは、で、そういうときがほとんどいつもという気がするのだが、わたしが、わたしたちがそこにいると、彼女は最悪だ。

彼女がなぜとどまるのかはわからない。わたしのことを最悪だと彼女は思っている。わたしを憎んでいる。わたしが歩く地面まで、わたしが歩くという事実まで忌み嫌っている。なぜわたしをとどまらせるのかわからない。むしろとどまるよう強いている。

わたしをここにとどめておきたいのだろうか。ここがわたしの居場所なのだろうか。

降参も試してみた。解放してください、と頼み込んでみた。彼女は答えない。

言ってください、とわたしは頼み込む。でも彼女は言わない。

いつ彼女を初めて発見したのか、もうわからない。「発見した」と言ったけれど、知れば知るほど、彼女がずっといたことがわかってくる。もしかしたら特別な時を待っていたのか。ドラマチックな才はある人だから。

彼女を隠しておこう、見えないところに押しこもう、と試みたこともあるが、そうすると逆にしっかり表に出てくる。彼女のことを人に話そうとすると、彼女は隠れる。

わたしがいなくなろうとしたこともある。でも彼女なしで行けるところはどこにもない。

がんばって、すごくがんばって、彼女を追い払おうとしたこともある。息を止めて、毒を注ぎ込むことも試みた。すごくがんばったのだ。いまでもがんばっている。彼女はいつも邪魔に入る。いくらやっても追い払えない――

いや、そんな馬鹿なことはない。できるはずだ。いろんなやり方が書いてある本も読んだし、そういう本がたくさんあるのだ。普通の家、ありきたりの街路、食料品店か金物屋、みんなそれぞれお膳立ては揃っている。子どもだっ、て、い、い、い、ってできる。

やればできたのか、追い払えたのか。わたしが子どものときに、あるいは初めて彼女を発見したときに、できただろうか。そして、もしできたなら、そこに喪失は伴わなかっただろうか、それとも、葬り去るとはそのぶん喪失が減るということだろうか？

わたしは自分に言い、ふりを装い、期待する、彼女はわたしに準備させているところなのだと。わたしに準備させるために彼女はやって来たのだ、わたしをふさわしい身にするために、と。

彼女は慈悲深いだろうか。わたしは期待し、祈り、自分に言う、そうだとも、と。

穴

彼女の中に穴があった。真ん中上の、胸郭、胸骨、肋骨、内臓などがあるはずのところに、テレタビーズの「テレビお腹」があるあたりの上にその穴はあった（とはいえテレタビーズの場合そこに小さなテレビがあるわけで、何もないのではないが）。時おりそこを何かが通っていくのを彼女は感じ、時にはそれが口笛みたいな音を立てていくのを感じた。

その穴が何かで満ちることはありえないように思えた。穴はただそこにあるものだった。

穴は昔の玩具みたいな木で出来た輪に囲まれていた。彼女の全部が木ではなかったが時にはそうだという気もして気味悪かった。木は時おり磨かれていることもあった。これは時の経過の結果だろうか？　妙に柔軟だったり、妙に美しかったりすることもあった。美しさというのは変なものだ。が、裂けていたり割れていたりクレオソートで硬くなっていたりすることの方が多く、あるいはもっぱら何か気持ち悪い、おぞましい、たぶん発ガン性のゴミだったり、電話の修理工が柱をのぼろうと足場を打ち込むときに彫るみたいな溝だったりした。たいていは丸かったけれど全体的に丸くも完全に丸くもなく一部折れ曲がっていて、だから彼女の外に出ているとそれは酔っ払いみたいに、あるいは頭部を損傷した哀れな奴みたいにフラフラ揺れた。外に突き出ていることはあまりなく、たいていは中にとどまっていて、彼女にしか見えなかったが、時おり忌まわしいことに他人にも見え、そういうとき彼女はひどく気まずくて、心ある人であれば他人もやはり気まずかった。たいていそれはベージュか、シエナか、時にはもっと濃い色で、赤茶が下地深くにあったが、また時には凝固物みたいにほとんど真っ黒で、ひょっとしたら本当に凝固物なのかもしれなかった。黒いといっても黒檀《こくたん》ではなかったが、材木なんてみんな何種類知ってる？　そんなには知らんよね。だから黒檀だとみんなは思ったわけだが実はそうじゃなかった。それは我々が与《あずか》り知らぬ類いの、我々の与り知らぬ樹木から出来た材木であった。

それが自分の中に最近彫られたか切られたか抉《えぐ》られたか回し鋸《のこ》・手挽き鋸・弓鋸で作られたのか、それとも最初からずっと自分の中にあったのかも彼女は与り知らぬ。あるいはなぜそれが自分の中で意識を持つに至ったか。なぜいま？　なぜそれが？　なぜわたしなのか。

前はわたしが注意を払っていなかったのか？　それはない。いつだって多くのことに多くを払っている。

けれどそれでもしばしば、何が欠けているか知るのは困難だったりする。

それが痛むから注意を払いはじめたのか？

といっても痛むべきそれなど何もない、それは穴だから、それは無だから。無は痛みうるか？　無はそれでありうるか？　でも何かは痛んだのだ。彼女の中の何か、あるいは何かの一部が、あるいは何《なに》でもない何かが。あるいは、かつては痛んだのか、過去に。というのも彼女は――お許し願いたい、異なる心身能力を持つ人たちに対し無神経になるつもりはなく、単に病理学的に描写しようとしているだけである――彼女は「遅れて」いたのである。すなわち、ものごとを理解するのが非常に、非常に遅かった。彼女の身に起きたことが本人に自覚されるのはしばしばあとになってから、ずっとあとになってからで、時には手遅れだったりした。時にはにものごとは起きているのだけれど彼女にとっては起きていないかのようで、なんとなく彼女みたいな人になんとなく起きているみたいに思えるのだった。あるいはもう忘れてしまった遠い過去、でもほんとはやっぱり忘れていなくて、忘れたと思っても忘れてないとか、自分では気づいていないと思ったとか、気づいたとしてもどっちでもよくて、なぜならずっと忘れなかった、ずっと考えるのをやめなかったということを忘れずにいるというわけにはどうしたっていかないわけで。私は大丈夫、大丈夫、平気だ、ともう一度言い、いまも言ってる、ベラベラベラベラ、だけど君は大丈夫じゃない、だってものごとは大丈夫なんかじゃないんだから、そうして君は思いっきり殴られる、頭から何からみんな壊れてしまって血が逆流して胃袋がいまにもひっくり返りそうで、顔が火照って、何かが君の中から出てくる、君は——あ……あ……あ……あ——


それとも穴を切る作業はあとになって初めて感じられたのか？

それとも穴を切る作業はいまも進行中なのか？

痛かったのは切る作業それ自体だったのか？　それとも切ったあとの焼《しょう》灼《しゃく》、焼き鈍《なま》し、「癒え」、それらの一つかいくつかだったのか？　それとも何かほかのことだったか？　切る作業には出血が伴い、見苦しかったか？そこにはあったのか、いやその後もあったのか、目が見開かれ、息がハッと止められ、口があんぐり開けられ、腸《はらわた》が摑まれるという事態が？　啜《すす》り泣き、号泣、鼻汁、呻《うめ》き声、曰く言いがたい呻きがあったか？　その後もあったのか？　それとも作業は清潔で消毒も万全だったか？

考えるまでもない。

　時おり、静かにしていると、自分の中に何かが落ちて入ってきてまた出ていくのが彼女には聞こえる気がした。

　時おり穴は漏れた。彼女は屈み込んで、こっそり拭こうとした。そうしようと手を近くへ持っていくのだけど時にはうっかり中に入ってしまった。こんなふうにあたふたやっているところを誰かに見られるんじゃないか、穴のことを知られるんじゃないかと心配して己を恥じた。

　明るい側面を見ようと努めることもあった。よかった点は、穴が物を運べたこと。バックパックを背負う代わりに、穴に突っ込めばいい。バックパックはハンモックか新月で休暇中です、という感じに。
　おかげで重荷がある程度軽減できた。

デビーとアンジ

まるでそれが彼女の皮膚に書いてあるみたいだった。何が起きることになるにせよ、もうそれは決まっている、起きないわけにはいかない、もうすでに細胞に、遺伝子に入っていて喉にも首にも刻まれているんだから、という感じ。

でも彼女はまだそのことを知らなかった。物事はまだ違ったふうになりうると思っていた。人生にもいろんな種類があって、人間もいろんな種類がいるけれど、一人ひとりのありようというのはもう決まっていてぜったいに変わらない、変えられないということを彼女は理解していなかった。いいものを持っていていいものをもっと得る人もいれば、いいものを持っていなくて悪いものを得てそれよりもっと悪いものを得る人もいるのだ。

若いころ、少しのあいだ、みんながそう言ってるので、正しいことをやって静かにしろと言われたら静かにしていつも礼儀正しくして順番をきちんと守って割り込んだりもせずにいたら、欲しいものがいつの日か手に入ると思った時期もあった。

礼儀正しくしようと努め、実際礼儀正しく、嘘の礼儀じゃなかったし、正しいことを言い正しいことをやろうと努めたが、自分の身には正しいことは起こらず、間違ったことが起きた。

すごくがんばって、がんばって待って、辛抱して、希望を持って、まあ希望というとちょっと強すぎるかもしれないけどとにかくいつの日か運が巡ってくるんだと信じていた。いつかは。いつの日か！　けっこうじきかも！　弱き者、惨めな者こそ、魂と心貧しき者、不具の者、壊れた者、負け犬、貧乏人、醜い奴トロい奴ビンボーな奴。紐みたいな髪でしみだらけの肌の女の子、コーラスラインにもチアクラブにも入れない子、太った子に舌がもつれる子、口が裂けてる子、生まれたときからふしだらに見えてた子。真面目で黄金の心の持ち主で誰かがうわべの向こうを見てあげるべきだったのに誰も見てくれず報われてしかるべきだったのに報われず誰かに求められさえすればありったけの心で愛したであろう、地を嗣《つ》ぐであろう、まあもしかしたらいつの日か地の一部分くらいは嗣ぐかもしれない子。

一方、ほかの人たちはすべてを持っていて、とりわけ彼らが自分では気づいてすらいないように見えるもの、彼らや彼らの同類がこれまでずっと持ってきたしこれからもずっと持つであろうものを彼らは持っていた、すっかり彼らの一部となっていてあたかも彼らにそれを持つ権利があるかのように思えるもの、彼らより劣る連中が持つ謂《いわ》れのない、ゆえに決して持たないであろうものを。なぜならそいつらが持ったって無駄だから、負け犬だからそういうものの有難味がわからないから。だからある意味でそういうものを持っている者たちは比喩的にのみならず字義どおり文字どおりしっかり鍵をかけてそれらを保有していたのである、もちろんうわべはそうじゃないふりをしていたけれど、デビーのような粗野な人間からそれらを遠ざけていたのである。デビーはそういうものを決して何ひとつ得ないであろうし、そうした人たちはそういうものを決して分配しないだろう、たとえあなたが彼らの死んだ手から引っぱり出したとしても、なぜなら彼らの子供たちがそれらを嗣ぐから。

そうした人たちが、これは正しい言葉ではないのだが、「優美」に見える一因もここにある。あたかも彼らは、この世の卑しい、汚らしい欠乏を超越しているかのようなのだ。あらゆる欠乏を超越しているかのようなのだ。でももしどうやってだかいつの日か誰だかが彼らの持っているものをほんの少しでも奪いおおせたなら、彼らはしっかり欠乏するだろう。彼らは欠乏して金切り声を上げてばたばた足を蹴り、犬と弁護士をあなたにけしかけるだろう、どこかの汚らしい負け犬があるいは負け犬たちがそいつらみんなが自分から盗もうとした、自分たちのものであるものを取り返そうとするだろう。特にそれがデビーみたいなふしだらな負け犬だったら。

世界のありようはそういう人たちがこれまでずっと持ってきたものをこれからもずっと持ち、決して失わないということ。

そういう人たちは決して殴り倒されたり小突き回されたり喉を掴まれたり絞められたりしない、彼女みたいに、彼女は自分がそういう目に遭って当然なんだってことをそのトロい愚かしい無能頭に叩き込まれるまでそういう目に遭う、彼女や彼女の同類の負け犬たちは惨めな身の上を自ら招いてるんだってことを、だいたいこいつらほんとは惨めな身の上をひそかに喜んでるんだ、歯を殴られ喉を掴まれ怒鳴りつけられて罵倒されてやりたくないことをやらされて終わったら放り出されて皮膚や腕や首にあざが残ってるのが好きなんだ。

デビーは自分がかつては違っていたか若かったか、あるいは希望を持っていたことがあった、まあ希望というとちょっと強すぎるかもしれないけど、ということも忘れた。

もっとも子供のときから、老いた女性のことはそういうふうに見ていた、実はそんなに老いてないのに老いて見える女たち、皮膚は痘痕《あばた》や斑《まだら》だらけで爪は割れていて手はニコチンでオレンジ色に染まり目や口の周りは皺だらけで歯は折れていたり抜けていたり黒ずんでいたりで首には打ち傷や赤い場所があって誰かに首を絞められたか縄の跡が残ってるのかそれとも単に老いて見えるのか。目の表情は明かりはすべて消えました皆さんお留守ですって感じで。

デビーは若いころ、ああいう女の人たちってどこから来るんだろうと不思議に思ったものだった。

やがて彼女は知った。

デビーはしばらくのあいだそれについて達観せんとした。精いっぱい元気を装って、見ようとした――いやいや鏡をじゃない、鏡はまずい――明るい面を、雲の明るいへりを見ようと、未来を信じようとした、いつの日か運が云々かんぬん、誠意を保ち目標を見据え、悪い面には背を……？

ええと……心を……えっと……喉が？――首を……縄で――

ほら元気出して、デビー！　あごをしっかり上げて、元気出して！

ああ、ほんとにどれほどがんばったことか、彼女は。

デビーには一人友だちがいた、こっちも女の子で、アンジ、やっぱり辛い目に遭っていて、ひょっとしてデビーよりもっと辛い目に遭ってたかもしれない。それがデビーに、えっと、希望?を与えた。誰かほかの人間、自分が愛している誰かが自分より辛い目に遭ってるってことが? そんなの希望じゃない。デビーい。愛してる誰かほど自分が辛い目に遭ってないのを喜ぶなんてひどい。デビーはアンジのことを想って気まずかった。彼女はアンジを憐れんだ。

単に憐れむ以上のことをデビーはすべきだったか? アンジが抱えているものを自分が抱えようとすべきだったか? アンジと場所を交換してもいいと思うべきだったか? 積極的にそうしようとすべきだったか? それともアンジと一緒にもっといいことを話しただけで十分だったか、いつの日かここを抜け出してメキシコかモンタナかユタに行って小さなお店を開いてささやかな商売をして誰の指図も受けず会う男たちも優しくしてくれるんだ、とか。モルモン教徒って優しいんだよね、お酒も飲まず結婚生活を尊《たっと》ぶんだよね、とか。いっそニューヨークに行くとか、ニューヨークならどこよりも早くがっぽり儲けられてそしたらやめられる。彼女たちはもうやめたかった。そんなふうに話すだけで十分だったか、それともデビーはほかにも何かアンジにしてやるべきだったか？

でもほかの誰かと場所を取り替えるなんてできるのか？　人生にはいろんな種類があって人間もいろんな種類がいて一人ひとりのありようはもう決まってる。いいものを持っていていいものをもっと得る人もいればいいものを持ってなくて悪いものを得てそれよりもっと悪いものを得る人もいてデビーはあとの方でアンジも同じで二人ともそれについてできることは何もなかった。

でもアンジはやってみた。アンジは「ブロンド」になった、なぜなら世間ではブロンドの方がいい人生だってことになってたから。でもアンジの人生はよくならなかった。むしろ悪くなった。なぜなら彼女の偽の髪を見てある種の人たちはああこいつは自分でものごとを悪くしてるんだなといち早く見抜いたから。誰も騙されなかった。

それにアンジの片目は何かがおかしかった。いままでもずっとそうだった。もう一方の目より小さくて、何かの膜がかかってるみたいに見えるのだ。白内障ではない、それには若すぎる、若さをもってしても止められない何かがあるのだった。何が見えてるとかはもしかしたら関係なくて、明かりはすべて消えてますます皆さんお留守ですって感じでまあこれじゃややっぱり無理かなと。

それともやっぱり何が見えてるかが問題かもしれなくて、ただしほかの人たちがどうかってていうのを見てるんじゃなくて、ひょっとして、いつの日かものごとがもっとよくなるのをその目は見ていたのか。

やがてある日アンジが来なくなった。デビーはアンジを探したけれど誰も見かけていなかった。警察が来て「ブロンド」の女の子のことをあれこれ訊いて、その子なら誰かのベージュのトラックに乗り込むのを見ましたよと誰かが言い、いやグレーのトラックだったよとほかの誰かが言い、いやバンだったねと誰かが言った。あの子、この町を出ていくとかどこかにいとこだか兄弟だかがいるとか言ってたよ、と誰かが言った。そいつが牧場持ってるとか？　モンタナに？　メキシコに？　いや、ニューヨークから来た男に会って、舞台に立たせてくれるって言われた？

アンジはデビーには何も言わずに行ってしまったのか？　どこかいいところに行って、デビーを誘わなかった？　やっぱりみんなと同じで自分さえよければよかった？　デビーはアンジを探すべきか、あとを追うべきか？　それとも、どこへ行ったにせよそこには一人がいる余地しかないのか？

デビーはアンジがメキシコで誰かお金持ちと一緒にいるところを想像してみた。それか、モンタナの大きな牧場にいるとか、職を持ってるいい感じの男と一緒か、舞台に立っているか。

ほかの誰かもいられる余地があるところなんて、どこにある？

誰もいない舞台に照明が灯る。

照明の点いていないライトバーが一本、上から下ろされていて、舞台床から三メートル半のところに止まっている。真っ暗で何も見えない。舞台の奥は何もない煉瓦壁。その奥の壁に沿って、床の上に、巻いた縄がいくつか横たわっている。太い、ごわごわ硬そうな縄である。床は長年さんざん使われて細かい傷だらけだ。折り畳み椅子が二山、煙草の吸殻。埃のかたまり。誰かに踏んづけられた口紅。丸められたか、さんざん畳まれたかで、何が書いてあるにしてももう読めもしないであろう紙切れ。電話番号の入っていないブック型マッチ。誰も彼女に言うべきでなかった言葉。誰も彼女にすべきでなかった行為。人々の彼女に対する接し方。彼女本人のふるまい方。彼女が考えずにいられないこと。頭の中で何度も反芻せずにいられないこと、無駄だとわかってはいるのだけどとにかく本当に真にやめない限り考えるのをやめられないこと。消しゴムがすり減って塗料が嚙まれて歯の跡も残っているのが見える鉛筆、ただしもう照明は全部消されてしまって真っ暗なのでいまは何も見えない。

誰かいますかー？

椅子が床を引きずられる音。縄の結び目を作る音。縄が横棒の上に投げ上げられる音。何回か失敗するが彼女はなおもがんばる。女がため息をつく音、ハフッ。もう一度投げて、縄が横棒に掛かる音、女が何かブツブツ独り言を言う音。女が椅子の上にのぼって立つ音。輪が縛りつけられる音。ホッとしたようなため息の音、椅子が蹴られる音、椅子が倒れて、ドサッ、ゆら、ゆら。何かがゆらゆら揺れる音。ゆらゆらゆらゆら、彼女が止まるまで続く音。

大皿に載ったあなたの首

皿に載ったあなたの首は見かけよりも重いだろう。

それに見苦しいだろう。血が周りにたまって、火の通り方が足りないステーキが縁に引っかかったみたいな感じ。先祖代々使ってきた食器みたいに見える――凝ったデザイン、金色の縁。皿の真ん中には絵だってあるかもしれないが、あなたの首がばっちり真ん中にあるので私には見えない。きっとそれは家紋だと思う。

動かないで。じっとして。何も滑らせちゃいけない。

目は閉じられているだろう。それとも開いてる？　いま私は洗礼者ヨハネのことを考えている、あちこちで絵を見てきたヨハネのことを。あの目は閉じてたっけ？　それとも開いてた？　わからない。あれってなんかセクシーだってことになってたけど、私にはそう思えない。あれは昔ながらの抑圧された性の物語です、家族の物語です、ですが皆さんが思っていることとは違います、なんて言う人もいる。

そうやって目が開いていてこっちをまっすぐ見ていて、見られたくない何かを見てるのって、なんか毒々しい感じ。

「火の通り方が足りないステーキ」って言ったっけ？　何言ってんだろうね。むしろ、ひっくり返ったバケツ、破裂した水道管、栓をしてない流し台、誰かが朝に（「何も考えてなかったんで……」）出しっぱなしにしてったバスタブみたいで、そのまま出かけて水は昼ずっと、夜も半分、出っぱなしでようやっと深夜に、帰ってくるべきだった時間よりずっとずっと遅く帰ってきたらもうそこらじゅう水浸し、グジャグジャ、メチャメチャ、もう直しようもなくて、まるっきりすべておしまいなのだった。もはやどうしようもない、底が抜けちまった、最悪の想像よりなお悪い。犬みたいにびしょびしょで魚みたいにぷんぷん臭う。で、正直言って、私べつにそれで気の毒とか思わないんだよね。全然気の毒じゃない、だって全部彼女の自業自得なんだから、だらしないにもほどがあるよね、当然の報いだよね。そんなふうにチャラチャラ遊びに出かけてさ、「何も考えてなかったんで」？　ちっとはほかの人のこと考えろよ、ことの重大さ考えろよ、これこれをやったら何が残って、何が残らなくて、どういう意味が生じるか、そんなのちょっとでも脳味噌あったら、心の分子の半分の半分もあったら考えるだろうに。いろいろ約束したくせに（あんたずいぶんたくさん約束したんだよ）なぁんにも考えてない。何の分別もない子供みたいで、だけどあんたは子供じゃない、分別だってちゃんとある、だけどどうでもいいと思ったんだ、だからあっさりそんなことやっちゃうわけで。

私だってわかってる、人間みんな不完全に出来ていて、誰にだって欠陥があることは。誰もがかつては若くて愚かだったってことも。でもこれはそれとは違う。これは話が別だよ。あんたは自分が何やってるか自覚していて、その上で、やったんだ。

あんたがそうするって、私にはわかっていたか？　そうするんじゃないかなと思ったけど、いやいや大丈夫だよって自分に言い聞かせた？

阿呆はどっちだよ。

その物語の中で、彼女は母親から、あの人の首を求めなさい、と言われる。義理の父親は、ぜったい拒めない約束を彼女にしたのだ。すなわち、彼女が義父のために踊ったら、何でも好きなものを与える、と。彼女はその人の首を求めた。

皿に載った首は、何か手を打たないとさぞ見苦しいだろう。静脈だか動脈だか導管だか知らんけど——どれが何を心臓に運んでどれが何を心臓から持ってくのかどうしても覚えられないんだよね——とにかく焼灼せんと。心臓から、心臓に、心臓から、心臓に、なんかいつまで経ってもピタッと決まらない。いくらやっても。

あなたの髪は完璧だろう、皿に載っていても。いまにも世界を引き受けようとしてるみたいにあなたは見えるだろう。まあ私はそういうんじゃないあなたも見ているけれど。あなたのもうひとつの面も私は知っていた。

皿は高級品だろう、あなたのお祖母さんからあなたの母親に伝わった品だろう（そうだ、あなたのお母さん……！）。そしてお母さんからあなたに伝わった。そしてあなたは、皿のみならずお母さんから押しつけられたものすべてを自分の手元にとどめた。手放すなんて無理だった。手放せる、なんて本気で思ったの？　私を騙して、自分も騙そうとしてた？　私、あなたを憐れむべき？

皿の上の血は乾きかけているが、まだ濡れているところもある。自分がどういう役割を演じたか、認めるだけの度胸が自分にあったらと私は思う。自分が感じるべきは恥だと私は思う。求めるべきは赦《ゆる》しだと私は思う。

ヘンゼルとグレーテル

二人には何もない。何も残っていない。取るものも与えるものも。そう、何も残っていない。何も、何ひとつ、まったく何も、自分たちしか。

おばあさまの家へ。

おばあさまもやっぱり何も持ってなかった。


時に何か恐ろしいことが起きる。時に最悪を超えたおぞましいことが。想像しうるあらゆる最低最悪を超えた。言いようのないほど。

だから神は忘れるということを発明した。神を讃えよ。


ヘンゼルとグレーテルは……えっと……えっと……「生きのびました」

……
二人は…………えっと……えっと……「生きのびました」……いろいろ「あった」にもかかわらず。

生きのびるってのはまだ始まりです、易しい部分です。

セメントの二つのバージョン

1）セメントの袋

それはセメントの袋の下に横たわるのに似ている。

袋は巨大である。通常はホームセンターなどで40キロ入りで売っていて、産地はしばしばメキシコ。でもこの袋はもっと大きい。それは彼女の頭と両足と両脇腹を包み、両足と頭と両脇腹を超えて包んでいる。のちに彼女の両足はコンクリートの靴を履くだろう。のちに、残りの生涯ずっと。

外から、上から見ると、袋が見えるだろうが、何かの塊の上に載った袋みたいに見えるだろう。その塊が彼女だ。塊は動こうとしても動けない。うん、ま、足指もぞもぞくらいは。

あらかじめ混合済みで、砂みたいにボロボロで、スルスル滑る、日本映画に出てくるあの黒いやつみたいに。沈んで、ぴっちりのスーツのように体にまとわりつく、ウェットスーツっていうか、ぴっちりオーダーメードの棺桶、でも小さな穴は二つある、ストローの穴みたいな、それが袋の上まで貫いていて息を通せる。彼女だって息をしないわけにはいかない。するまいと思っても体がそうさせない。彼女としてもやってみたのだ。ほんとだよ、やってみたんだ。

背中はぴったり床に貼りついてる。これって金属？　大理石？　ステンレススチール？　木ではない。今回は清潔な感触。彼女は前にもここに来たことがある、そう、何回も、ちゃんと覚えてる、何回も。見えたことは一度もない。寒い。皮膚が冷たくなって、震えそうだけど、震えることもできない。歯をカチカチ鳴らすことさえできない。それは金属のコートで鉛の毛布で砂の山で、ほとんどドア釘みたいに死んでる。それは彼女を覆い、彼女にのしかかり、親指の下に彼女を押さえつける。

それともこれって見た目どおりじゃなくて、ほかの何とも違う何かなのか。いつもずっとこんなだったのか？　それともこうなったのか？　彼女がこうなったのか？　それは、彼女は、それらは、初めから創られてたんじゃなかったのか？

彼女／それ／それらを違うふうに作り直すのは可能か？　彼女を粉々に壊してしまわずに善くすることは可能か？

彼女は動けない、振り払えない、だけどなぜか、時おり、いままでやったり想像したりしたこととは関係なく、自分がどうこうでなく、袋の中に、あるいは彼女の中に何があるにせよそいつが、その何かだかが、軽くなる。何かが減った気がする、色が薄くなっていく、空気を中に入れる。毛布が膨らんだみたいに、それを膨らました空気だか息だかが自らを持ち上げ彼女を持ち上げ、そうして彼女の中に息を吹き込む。それから何かが彼女を上げて、動く。

そうするといろんなものが優しく見えて、世界は光に貫かれる。

そうなっている限り彼女もできる
けれどやがてできなくなる

前にも起きるしまたふたたび起きるけれどもう二度とやらないと彼女は自分に言ったのだった。聴いてもらえないというのじゃないし、彼女がやってみなかったということでもない。要するに、これはそうなっているというだけのこと。これに合わせて生きていくか、生きないかしかない、それなしで生きないかしか。

2）セメントの靴

それはセメントの靴を履いて川の中にいるみたいだ。マフィアみたいだけど彼女はマフィアみたいじゃない。誰も彼女を始末したいなんて思ってない、思ってるのは本人だけ。彼女は逃れられないけど溺れることもできない。身動き取れず。

上半身は動かせるけれど真ん中と下の部分はどろっと糊みたいな青くて黒くてねばねばべっとりした川。誰がそんなことするのか。川はベイクドビーンズや糖蜜みたいにどろっとしてザ・フーの『セル・アウト』のジャケットのバスタブに入ったロジャー・ダルトリーみたいだけどあれよりかもっと大きい。スプーンを挿《さ》したら立つと思う。彼女は倒れられもしないし、終わりを想像することも見ることもできない。だけど何ごともいつかは終わるでしょ？　終わらせてもらえる。だったら彼女だって。なんで自分で終わらせちゃいけない？　ロジャー・ダルトリーは何マイルも見通した、あのアルバムのシングル、ピート・タウンゼント作曲、アルバムの大半がそう、一九六七年リリース、バンドの三枚目、でもロジャー・ダルトリーが見通したのは彼女のいるところからじゃない。彼女にはほとんど何も見えない。空は川ほどベトベトしてないけどでもなんとなくおんなじような感じ。絵みたいか、眼鏡についたワセリンみたいな灰色で。

爪先立ちみたいに彼女は首をぴんとのばして立ってる、けどそれはコンクリートの靴を履いていて頭がこれ以上沈まないためにはそうするしかないからじゃない、だって彼女はもう沈んでないから。靴はもう底に着いたから。

川もそれにちょうどいい浅さだ。誰が仕組んでるにせよそいつは彼女を溺れさせる気はない。

ひょっとして空のうしろには太陽が。ひょっとして空だけとか。何かがしゃっくりしてる、光が波を照らすみたいに。でももしかしたら影がゲップしてため息ついてるだけかも。疲労困憊の小さな波。彼女は腰のちょっと上、へそ近辺まで沈んだ。このパンツ、太って見えるかしら？

彼女がいま感じている沈んでいく感じはただの感じにすぎない。もう彼女は沈んでいない。コンクリートの靴はもう底に落着いていて川は溺れるには浅すぎる。まあ屈み込んで顔を川に突っ込んでそのままにしていたら別だけど彼女はお腹が太すぎてそれも無理。これも自分の嫌いなところのひとつ。

もし誰かに見られたら「助けて！　助けて！」と彼女は叫ぶだろうか？　ああ、彼女は叫ぶか？　誰かは来るか？　それともミズ・ファットは恥ずかしくて頼めないかしら。

どうやっててここに行きついたのか？　彼女にはわからないし、どうやって出られるかもわからない。でももしかすると出たくないのかも。動けないんならここにずっといるしかなくて一人で食べ物もなくてなんにもなくて誘惑もないし生かしてくれるものも見当たらなくて、だから、このあんまりな体も、だいぶ経ったら、痩せ衰えてくれるのでは。

大昔からずっと前から起きていてまたこれからも無数のいろんな形で起きるけど要するにみな同じ。暗さ、乾き、死にたい気持ち、決して得られないこと、それからまた、また。

時おり彼女はほかの誰かを想像してみる。時おり引っぱられることを想像してみる。助けて助けてと叫ばなくても誰かが来てくれる事態を想像する。その誰かは来てくれて優しくて、そんな目で彼女を見たり顔をそむけたりせず、彼女を見て、手を差しのべてくれる、その手もやっぱり優しくて、手をのばし彼女を抱えて引き上げてくれて、いまこうやって埋もれている場所から引っぱり出してくれる。その人はコンクリートの靴を叩き壊す必要すらない、彼女は壊されたり擦《す》られたり打たれたり痛めつけられたりしない、その人は彼女の足首もほかの場所も傷めることなく、するっと引き上げて出してくれる、バターから何かを抜き取るみたいに、さらっと。華麗に持ち上げてくれて、優しい手は情愛に満ち、彼女を運んでくれる。空まで持ち上げてくれる。彼女は大きすぎない、もはやそんなことはない、体が変わったのだ。たっぷりの肉、ぼってりした体、脂ぎって房みたいで紐みたいな髪、やぶにらみの目、窪んだ手、さんざん嚙んでぼろぼろの爪と甘皮、皮膚の垂れ下がり、ほくろ、瘤《こぶ》、みんな変容して美しい。彼女は美しい。

彼女は手をのばし、その人は手を下ろし、彼女の両手を取り、彼女を引っぱり、引っぱり上げてくれる。痛くない。なんだか何年も、待っているとは知らずに待っていた気がする。生まれて初めて、いつもずっと、いい気分でいる気がする。その人は彼女を抱え上げ、そんなところに行けるなんて想像もしていなかったところへ連れていってくれる。

天国ではなく、どこかよそで

そこは天国じゃない　どこかよそだ
どこだか　私が彼女を置き去りにした場所
どうやってやったのか　覚えていない
でも私がやったということは明らかだ、
私が持ってるもの
彼女がもはや持ってないものから見て

彼女はどこかで「暮らして」いる、それを暮らしと呼べるのなら。近いのか、遠いのか？　細かいことはよくわからないのだが、細かいことがどうであれ、それがどこであれ、とにかく彼女が「暮らして」いる――って呼ぶのかどうかはまあ別として——彼女が暮らしているのはゴミ溜めみたいなところだ。ゴミ溜めみたいなところに、私は彼女を置き去りにしたのだ。

彼女が持っていたものを私は奪い、彼女をそこに、何もない身で置き去りにした。いやただ「何もない」だけじゃない——もっと悪い。置き去りにしているとはっきり自覚して彼女を私は置き去りにしたのだ。暗い部屋に私は彼女を置き去りにした。そこは地下牢みたいに暗くて寒くてじめじめ湿っているだろうか？　それともそこは暗くて乾いているだろうか、肺の中にある砂漠、目は木みたいにこわばって、紙みたいに乾いているか？　壁は紙みたいに薄くて寒さが入ってくる、そう、寒い、そのことがいま私にはわかる、そしてじめじめ湿っている、彼女は床に敷いた毛布の上に横たわっている。床はじめじめ湿っている、毛布は薄くて破れていて彼女も薄くて破れている。

私はもうずっと前に彼女の許へ戻るはずだったのだ。彼女に連絡して、行くよと知らせるはずだったのだ。「もうすぐ、もうすぐ行くよ」と言うべきだったのだ、車を借りて彼女の許へ行って彼女の世話をするはずだったのだ、でも私は、していない。

どこか贅沢な場に、リゾート地に私はいた。そこから車を飛ばして彼女の許へ行くはずだったのだ――テキサスへ、いやニューメキシコだっけ？じゃなきゃ南部のどこかに。ヒューストン経由？　それともアトランタ？いま一緒に旅している人間が誰なのか私にはわからない。その人にはわかってるんだろうか、私がどこにいるべきかが？　私は何を先延ばしにしているのか？　私は誰を見捨てたのか？　ヒューストンでもアトランタでもどこかで停まるたびに大きな公園があって、木が一杯あって、本当にすごく一杯あって、美しい、美しい緑がある――彼女が「暮らして」るところ、だから暮らしてるって言えるかどうかもわからないわけだけどとにかくそこにあるもの、私に置き去りにされたその地下牢みたいなゴミ溜めにあるものとは全然違う。私たちはそこでしばらくぶらぶらする――私はまだ何もかも先延ばしにしている。もう出かけようっていうところでちょっと迷子になってみたりして。

でもこれはみんな言い訳。車の手配を延ばしに延ばしたものだから次の車が来るまで待たないといけなくて、来たら来たでわざわざすごい回り道して大回りしてややこしいルートでまずあなたが――って私、まだ自分が誰と一緒に旅してるかわかんないんですけど――あなたが用事のある場所を目指して、でもまあとにかくそこに着いて、ひとまずあなたを降ろしたんだった。あなたにはわかってたんだろうか、走っている最中ずっと知っていたんだろうか、私がやった恥ずべきことを？　私が先延ばしにしている理由を？　私がやった恥ずべきこと、あなたは知ってるの？　私は何をやり損ねたのか？

先延ばしにして、否定して、ないことにした末にやっと、やっとたどり着くと、彼女は痩せて骸骨みたいだった、皮膚は紙みたいに薄くて、ランプみたいで。薄暗くてじめじめ湿って閉めきった部屋に彼女はいる。血色は悪くてひどい咳をしてる。皮膚は薄くて灰色で魚みたいに白い。けれど彼女は感謝している――感謝している!?――、私が来たことに。こんなに長くかかって、道中あんなに彼女の物を盗んで、あんなに嘘ついたのに、私が戻ってきたことを赤ん坊みたいに彼女は喜んでいる。手をのばして――腕も棒みたいに細い――私に礼を言う。「来てくれてありがとう!」。皮膚がぶるぶる震えて、顔はドクロみたいで。戻ってきた私に礼を言う、そもそも立ち去るべきじゃなかった私に。まるで私に天国で降ろしてもらってずっと天国で暮らしてたみたいに。

「あなたは死んだと思ってた」と私は彼女に言う。それで自分がやったことが許されるというのか。「あなた、なんで死んでないの?」と私は何度も訊く、「どうして死んでないなんてことがあるのさ?」。それこそ私がずっと望んでいたことなのか、彼女がいなければ楽になるというのか。

双子

彼らはその何かのところでつながったシャム双生児だった。彼らは動けなかった。つまり、別々には。いつも二人同じ、ほぼ同じことをしないといけなかった。

彼らのあいだには何かがあった。

彼らはベルボーイのようでメッセンジャーボーイのようで切符集め係のようで『オズの魔法使』の映画の赤い帽子の空飛ぶ猿のようだったけれどただし人間だったし青かった。よく動く手をしていたがいまは静かなのでそうとはわからない。見えないことがすごくたくさんあるのだ！

彼らは青いベルボーイでありプロイセン風か司教風かの軍帽だかとんが

り帽だかをかぶっているのかそれとも誰かが彼らから、彼らのうしろで、彼らのあいだで顔をそむけたのか。これに気がつかない人っているだろうか？　見えないものがすごくたくさんある。

彼らは四六時中一緒だった。二人あまりに同じなので、同一の脳味噌を持っているか、穴居人時代みたいに相手の心が読めるかのようだった。言語以前、人間はそうやって意思を交わしていた。おたがいの心が読めるなんてすごく面白そうだけどそうでもなかったときもあったと思う、退屈そうな人たちの心とか、さすがにもっと中身あるんじゃないかと思うんだけどホントになんにも考えてなくてホントにただ退屈なだけだったり。あるいは恥ずかしいこと、気まずいことを考えてるのを誰かに「聞かれて」しまったり――いつもあの人のこと考えてるなあ、とか、あの人をこれこれこうしてやりたい、とか、あの人はわたしのことそんなふうに思ってないんじゃないか、てゆうかぜんぜん何も思ってないんじゃないか、とか。そういうことがわかるのっていいし時間の節約にもなるけど、聞いたことで希望がなくなってしまうんだったら、他人が考えてることが聞こえない方がよかったんじゃないか。

今日ではもう彼らをシャムと呼んではいけない。人種差別だから。それにシャムなんて国はもう存在しない。いまはタイだ。それに、べつに双子みんながあの地域の人なのではない、一番有名なチャンとエンはそうだったけど。チャンとエンは結婚した。二人で結婚したのではなく、それぞれ女性と結婚したのだ。おのおのの妻と十一人、十人の子をもうけた。今日、適切な呼称は「結合双生児」である。

何でも二つないといけなくて、でもまったく同じではいけない、人はみなそれぞれ独自の個人であるべきだから。でもあんまり違って妬みが生じてもいけない、そうは言っても妬みをなくすなんて無理な相談だけど。時には豊かな方が辛いこともある。特に、一方が乏しくなっていきもう一方が豊かになっていくとき。そうすると一方が鬱陶しくねちねち言ってきてもう一方は意地悪になって苛ついて……って、そういうのをなくすのも無理な相談。絶対無理。愛で一杯の、愛で馬鹿みたく麻痺してる人だって無理、そういう人がすべてであろうとし、すべてをやろうとし、すべてを与えよう、自分のすべてを、自分でないものまで与えようとしても無理なものは無理。そうすると相手は思う、いい加減にしてくれ、それよか場所空けてくれよ！　けれどたがいにくっついてるんだから、両者のあいだに何かプロイセン風司教風とんがり帽のネガティブ空間があろうと何もなかろうと、いくら場所空けてやりたくたってそんなことできない。あなたがわたしを愛してくれた、あんな愛し方は誰にも無理強いできない。

彼らの飼っていた小さな犬たちは彼らのことがわかっていた。彼らのあいだに何があるのかわかっていた。

犬たちはゴソゴソ掘りガリガリ嚙んでいた。嚙んで、撫でて、何かを彼らの足下に置いた。スリッパじゃなく、新聞でもなく、何かへなっとしたもの。手に取ってみたら取らなきゃよかったと思うだろう。

犬たちは白く、男の子たちは青かった。
男の子たちは悲しかった。

彼らの帽子はスペインの治安警備隊の帽子と『オズの魔法使』の空飛ぶ猿の帽子とで赤ん坊を作ったらこんなかなという感じだった。治安警備隊の帽子のうしろはスペイン内戦のとき壁に押しつけられたせいでぺしゃんこだった。戦いに勝つと治安警備隊はほとんどすべての人にとって英雄となったけれど、それ以外のすべての人にひそかに憎まれていた。それから今度は負けるとほとんどすべての人にひそかにでなく憎まれた。人間、いろいろ変わるので誰が誰なのかわかりやしない。

これは兄弟の争いとか父と子の争いとかみたいにドラマチックじゃなかった（どちらの例にも女性が不在であることに注意）。彼らも何かに叩きつけられたのか？　こそこそ逃げようとしてるみたいに彼らは爪先で立っていた。二人とも息をひそめていた、さっさと終わらせようぜ！と言いたげに。それとも、これ、絶対に終わりませんように！か。神さま、どうかお願いです、永遠にこのままとどめてください！　こんなに愛しあって、こんなに近い！　こんなに結び合って！　こんなに近くてこんなに愛していていままでずっと求めていたものそのもの、いまにも君に触《さわ》れそうなんだから！　君の背中に！　君の髪に――

もう一人はさっさと終わらせたかった。

彼にとって、これで十分、ということはあるのだろうか？　誰かがこれだけ愛してくれれば十分、ということは？

彼には犬がいた、自分だけの犬が。犬は待っていた。

問わなければ答えは見つからないだろう。でも問うたら、何か希望は残るだろうか？　でも問わなかったら、これ以上どれだけ待てるか？　知らずに、ふりをしてる方がいいのか？　それか、知って、やめてしまう方が。

犬は前足を動かし、準備を整えていた。

ご婦人と犬

角に住むご婦人には犬がいた。犬以外ほとんど何もいなかった。犬は白くて不潔で尻に糞のしみがあって目の周りにはべとべとに固まった目やにがあった。爪は伸び放題でコンクリートの上を走るとカチカチ鳴った。老いた女性の家の前をわたしたちが通ると犬はキャンキャン吠えながら金網の向こう側を走った。金網は隅から隅まで花とか藪とか一年に一度か二度花を咲かせる何かの植物――わたしたちは植物は得意じゃないのだ――が絡みついていた。犬はキャンキャンキャンキャンわたしたちに向かって吠え、キャンキャン吠えてキンキン吠えて爪でひっかこうと必死に宙を無駄にひっかいていた。

でも犬が実際に見えることはほとんどなかった。犬は彼女と同じ、女性と同じでいつも中の庭にいたから。でもときどき、わたしたちがそばを通りかかって門扉が開いていると犬が見えた。小さくて白くて、玩具サイズで、けれどあのおぞましい、糞のしみがある尻があった。

庭は世捨て人ブー・ラドリーの家の庭みたいに柵に囲まれていて、そういう庭はこのへんではもうここだけだった。この界隈は近年けっこう高級化したのだ。

ご婦人はそいつの肖像画を作らせた。

肖像画の中の犬はキュートで清潔で、糞のしみもないし白くもなく、そして奇怪にも犬は二匹いる。夢を見られるなら、一匹では十分ではなかった？　現実には一匹だけだった。もう一匹は犬の双子だったのか？　犬の魂？　それとも彼女の？　それとも彼女にとって犬は誰か別の人間みたいなものだったのか？　わたしたちが生まれる前に死んだ子供の代わりとか？　いつかの忘れられた戦争で失われた夫？

犬はご婦人にとって太陽であり月であった。彼女は犬を愛していた。ろくでもない犬だとわたしたちは思ったし、絵はダサい、もっとろくでもないと思った。わたしたちは絵を笑い、犬を憎んだ。あとになって、そのことをわたしたちは恥じた。

犬は彼女にとって太陽であり月であった。
犬がいなくなると彼女は、人間が何かを愛しうる限りに、絵を愛した。

老いた女性は老いていて、ひょっとして狂ってもいた。子供がいたことなんてなかったかもしれない。結婚したことなんてなかったかもしれない。悲惨な、なるほどそういうことかと誰もが納得するような過去なんてなかったかもしれない。ただひたすら意地悪で老いていただけかもしれない。どういう人であれ、犬を愛し、その（それらの）犬を描かせた絵を愛した。犬に対して彼女は本物の感情を抱いていた。絵に対しても。

人魚

彼女は自分でないものになりたかった
自分の一部を引き裂いた
自分をしゃべらなくした
誰か愛してくれる相手が
欲しかった

息の仕方を変えてみた
われわれはみな違うやり方で息をする
水の中で息をする者　空で息をする者

辞書は魚についてこう書く——肢のない、冷血の脊椎動物で、鰓《えら》と鰭《ひれ》があって全面的に水中に棲む。*

彼女はそういうのじゃなかった
全然そういうのじゃなかった
いまなら　何になれるだろう

彼女はものを区別できないことがある
ものは時おり意味をなさない
自分を新たに作り直してもらいたかった
魚を釣りも鳥を捕りもしなかった

*『ニュー・オックスフォード・アメリカン・ディクショナリー』

彼女は喘ぎ　ごくんと呑み　とどめようとした
自分でないものになれる人はいるか
とどめられないものをとどめられる人は
誰か彼女を愛せる人は

＊

あるとき遠くから彼女は王子さまを見た。ビーチにいたんだったか玉座に座ってたんだか馬に乗ってたんだかとにかくどこかもう思い出せないところに王子さまはいた。王子さまが手を振ってくれたと彼女は思ったけど彼女は手を振り返したか振り返さなかったか？　彼女は王子さまの生の姿を見たかった。王子さまを永遠に見たかった。でも何は見たもので何は願ったただけだったか彼女にはわからなかった。願うのは愚かだったか？　だって誰が、誰が、王子さまが彼女を愛するなんてあるわけが。

王子さまを欲して、その体と血を欲して彼女の口が痛んだ。願いで体が痛み、彼女は怖かった。願うことが死を招くかしら？　それとも生を？

彼女は岩の上で待った。口が渇いていた。太陽と、待つことが、彼女を渇かせ、燃やし、木の葉のように彼女の色を変えた。

息を入れることも出すこともできなかった
話すことも泳ぐことも泣くことも
魚でも鳥でも女の子でもなく
体でも血でも彼でも

跳ねられない魚みたいに彼女は跳ねた。海が岸に打ち上げた。海が岸から引いていった。浜辺に何かガラクタが残った。葉っぱみたいに紙っぽかったけど妙に臭かった。端っこがちぎれていた。

妙なことに、彼はそれを埋葬した。

これって、なかなかのことだと思う。

ハンプティ・ダンプティ

ハンプティ・ダンプティは、彼女は、落ちたのか、跳んだのか？　結果はどっちもだいたい同じ。しかしそれを事故と見なす方が親切というもの。

それともその結末はわたしたちに見えてしかるべきだったものの証しなのか？　わたしたちがしかるべき注意を払っていたら。だけどもしそうしていたら、それって何か意味があったか？　それとも起きたことはやっぱり起きたか？　ものごと、時には宿命なのか？

誰かの、あるいは何かのせいだったのか？　特に、一人の。

あれは恥だった、とみんなの意見は一致する、でもどういう種類の？

誰の恥？

恥は慈悲深くもありうるか？

ハンプティ・ダンプティは、彼女は、本当に何のチャンスもなかったのか？　登って落ちたときからだけでなく、最初から？　最初に何があったのか？　わたしたちは問わなかった。

誰か問うたか？

誰かが手をさしのべたか？　その人は、彼女があんなふうだったのも構わず、彼女を招き、彼女に手をのばし、彼女を歓迎したか？　彼女は、自分がそんなふうだったのも構わず、受け入れ、手をのばし、やってみたか？　そうしてしばらくは幸福だったか？　この時があっただけで十分だったか？

もしかして、彼女がわたしたちのもとを去った事情は、わたしたちが考えていたのとは違っていたのか。

王様の馬たち全部をもってしても、云々かんぬん。

でもひょっとして、ほかの誰かだったら。

もしかしてわたしたちとは違うような誰かだったら。その人だけにできるやり方で、彼女から見てのちっぽけな人生、自分の小さな壊れたかけら、その前もさなかもあともずっと、思い描いて、創り出して、愛をもって彼女とともにとどまれたのかも？

わたしをここにとどめているもの

二つは一つによってつなぎとめられている。それぞれが幅およそ十センチ、厚さ五センチでとても、とても長い。一度も曲げられたり捩《ねじ》られたりしたことはない。それらはわたしにあわせて大きくなったのだと思うが自分がもっと小さかったことをわたしは覚えていない。それらはいままでずっとその大きさでちょうどだった。

それらを支えているベルトがぐるぐる巻かれている。二巻きまでわたしは数えた。三巻きかもしれないけど、忘れた。そもそもそんな好奇心、持つべきじゃなかったのだ。ベルトに触ったりすべきじゃなかったのに触ったのだ。その手触り、大きさ、かたちを知ろうとしたがこれがけっこう難しかった。わたしがするっと逃げるすべがあるかどうかも知ろうとしたが、これは、ない。ベルトは幅およそ八センチ、たぶん六〇年代の名残り、ファッションに関して危険とは言わないがしっかり気まずくはある十年間の。ベルトにはバックルがついている。バックルもわたしは探ってみた。冷たくて、金属で、わずかに磨き込んだ感じの手触りで、浮き彫りのデザイン。よくある、やっぱり六〇年代の、ブロンズのバックルで、占星術っぽい、か西部劇っぽい、か軍隊風のモチーフ。ピースとかラブとかいった言葉だったらバックルの浮き彫りを読めたと思うし、ピースサインだって読めたんじゃないかと思うが、違う。何と書いてあるかはわからない。もちろん見たことは一度もない。

　ベルト穴はないかも探ってみた。ベルトが調整できるんじゃないかと。きつくしたり、あるいは——ああ、そうできたら！——ゆるくしたり。

　穴を通る金属の留め金も探ってみた。こいつがベルトをぎゅっと留めて、わたしの頭に巻きつけている。遊びはない。

　ベルトはわたしの両目を覆っている。二枚の板がわたしの耳を覆い、ほとんどぺしゃんこにしている。わたしはきっと何か馬鹿みたいな漫画のキャラクターみたいに見えるにちがいない。馬鹿でツキもない鈍くさい奴が、学校で誰か馬鹿でツキのない子について何か思いやりのないことを言ったせいで罰せられている。自分が何を言ったかぜんぜんわたしには思い出せないのだけど。こんな目に遭うなんて、いったい何を言ったというのか。だってわたしは優しくしようとすごくがんばったし、じっさい優しかったと思うのだ。だけど何かやってしまったにちがいない、そうとしか考えられない、それもきっと何かひどいことだったにちがいない。だってこんなのぜんぜん普通じゃない。相応の仕打ちをわたしは受けているにちがいない。

真っ暗だ。わたしには何も見えない。

二枚の板の下側が肩と首が交わるあたりをぐいぐい押してくる。板の下側の感触をわたしはずっと感じている、まるで体が板に逆らって成長していて板がぜんぜん譲らないみたいに。というか、わたしをちょうどここにとどめておくだけ譲る。

小さな白いコットンのアンダーシャツをわたしは着ている。細い小さなひもがついている。

前は体をよじって外そうとあがいたものだがもういまはやらない。だってものすごく痛かったし、それに、こっちの方がもっと大事だが、それは間違っていた。正しくなかった。正しくない。

まだあがいていたころも、すごく慎重にやりはした。ちゃんと声に出して言ったのだ、ただ単に「ディキシー」を口笛で吹くだけじゃなくて、そりゃもうしっかり言った、何しろ喉でも顎でも舌でもほんの少し動かしただけでものすごく痛かったから。言おうとするとすごく痛かったけれどしっかり言ったのだ、といって誰に向かって言ったのかよくわからないけど、いかにも宥《なだ》めるような、恭《うやうや》しい声で、口から泡吹いてる犬に滑らかな肌の小さな女の子が言うみたいに、「わたし両手上げるからね、オーケー？それだけ。オーケー？」と言ってからものすごくゆっくり両腕を持ち上げたのだ、べつにゆっくりやれば犬が襲いかかってこなくなるとか思ったわけじゃないんだけど。でもとにかくほんのちょっとでも動いたら肩の筋肉と皮膚がどうしたって動いて裂けてしまう。だけどわたしは勇敢だった。聖者のごとき忍耐深さだった、なんていう比喩は罰当たりだが。歯を食いしばって、何も持っていない両手をベルトまで上げて探った。ベルトをゆるめようとしたけどゆるまず、逆にきつくなった。わたしは両手を離して膝に置いて、言った、誰に向かってかわからないけど、「これって違いますよね——これって何か間違ってますよね」と。

またあるときは両手を上げて板に沿って上まで滑らせて、てっぺんを探ろうとした。精いっぱい手を届かせたがてっぺんには届かなかった。板はえんえんと続いていていてどこか上のわたしにはぜったい届かないところからぐいぐい押してきた、で、その届かないところにわたしをここに据えてここにとどめておくものがいるのだ。

時には、時間つぶしに、何かが見える、と自分に言ってみる。光が見える、と時おり自分に言ってみる。

時には、何がわかっていようとわたしは希望を持つ。

わたしは背もたれのまっすぐな木の椅子に座っている。両手で椅子の木を探ってみた。ゆっくり慎重に両手を下ろしていって指先を椅子の両横に這わせ、両横をしっかりつかんだ。両手をすごく小さい形でしか動かさなかったけど徹底的に最後まで動かしていった。できることはすべてやったと思う。

わたしが座っている椅子の木目は、板の木目と同じだと思う。

ベルトはわたしの眉毛のわずかに上までのびていて、眼窩《がんか》の骨のわずかに下までのびている、つまり頬骨のすぐ下まで。太いベルトなのだ。そう、やっぱりきっと六〇年代のだ。でもあのころわたしはまだ子供だった。ティーンエージャーでさえなかった。叛逆する若者なんかじゃなかった。

こんな目に遭うなんておかしい。

時おり微風がうなじにかかるのを感じる。これは気持ちがいい。時おりものすごく疲れていてうとうとして頭が落ちかけると板が鎖骨にぐさっと刺さる。それでわたしは活気づく。姿勢を正し、こぶしを握り、ふたたび背筋をのばす、唯一正しい姿勢はまっすぐな姿勢なのだ。両手は膝に置いて動かさず、頭はまっすぐ前に向け、両目は閉じている。開けたって何も見えないんだけど。開けてはいけないのである。

でも開ける。

たまに……これって季節に関係してるのか、冬のアスファルトとか湿気が多いとびくとも動かない窓とか、あるいはわたしには理解できないスケジュールとか。それともわたしが想像したり考えたりしてたことに反応してるのか。

パターンを見出そうとしているのだができない。ひょっとしてただの気まぐれか。とにかく、たまに——ああ、すごく嬉しいたま！——それがゆるむのだ。

わたしはそういうたまの時のために生きている。そのたびに自分に言う、いつか――いつの日か――

そういうとき、許されてはいないわけだが、してはいけないわけだが、できてしまうので、なぜならベルトはそれほどきつくないので、許されてはいないけれど、わたしは見る。

危険はいろいろある。あるとき、もしかして一度じゃなかったかもしれない、わたしはいつも起きたことと起きなかったことがごっちゃになってしまうのだ、でもあるとき、だと思う、目を開けて見てみたら真っ暗だった、目を閉じているときと同じに、けれど感じは違った。この違いは大きかった。ところが、まばたきする必要が生じると、どっちかの瞼が――左？　右？　思い出せない――閉じなかった。貼りつきが剝がせないかと両目をもっと大きく開けてみた。それから――わたしの馬鹿さ加減がこれでわかる――片手を持ち上げて――左手だったか？　右手？――ベルトに指を持っていったのだ、ベルトを通して駄目な方の目に触れられるとでも思ったみたいに。板が両肩に食い込んでものすごく痛かった。わたしのせいじゃない！　本能だ！

両肩の皮膚が裂けて、鋭い痛みが走った。頭をぐいぐい押す力がすさまじかった。駄目な目は——左？　右？——中途半端に開いたままで、曲げられ、刺されていた。肩を押す力を減らそうと手を下げた。痛みが減るのに少し時間がかかった。長い、長いあいだ目がものすごく痛かった。

それから、長い、長い時間が経って、ひとりでに、わたしがやったこととは関係なく、目が閉じた。

どうしてそうなったのか、謎だった。

閉じたことがすごく有難くて、わたしは約束した、誰に向かってかはわからないけど、もう二度と、二度と、目を開けようなんて思いません、これからはずっと自分の分際を弁《わきま》えます、と。

でもわたしは約束を守れるたちではない。

その気もないのにした約束がいっぱいある、でもこのときはその気だったのだ、そう思ったのだ、まあでも一種の取り引きみたいなところはあったわけで、もうこんなの我慢できないからこう約束すれば逃れられるんじゃないか、みたいに。

約束を破ったのはわたしの邪悪さゆえのみではない。

鼻柱があるおかげで、ベルトによって完全にぺしゃんこにされない薄い小さなすきまが二つある。そこを通して、たまに、目を開けて下に向けると、ごくごく稀に、見えるのだ。

そして稀に見えるものは闇ではない。

稀に見えると思えるのは光だ。

そしてわたしは思う、そんなはずはないと思っても、そこに光があって、それがある程度見えるだろうと。そしてわたしは思う、こんなことは、まあ当面はともかく永久には続かないのだと。ベルトと板が外される時が来るとわたしは思う、外されゆるめられて、わたしを押さえつけているもの、わたしをここにとどめているものがなくなるのだと、そしてわたしはよみがえるだろう、そう、そしてわたしは見るだろう。

兄弟たち

昔むかし兄弟たちがいた。彼らが住んだ場所は冬だった。そこはいつも白くて寒くていつも明るかった。そこで兄弟たちがやったのは、決してやるべきでない、でもまあもしやるとしたら夜の闇の中でこっそりやるべきことだったが兄弟たちはそれを真っ昼間にやった。たぶんそれが彼らの本性だったのだ。

兄弟たちが住んでいたところの周りには山脈と丘陵があった。でもそこへ行く者は誰一人いなかった。行くとしても一人では行かなかった。一人で行ったら帰ってこなかった。でも兄弟たちはそのことを覚えていないようだった。兄弟たちはいろんなことを覚えていたけれど、いろんなことを忘れてもいた。

昔むかし私たちはみんな兄弟だった。

そこはいつも冬で、光はいつも冬の光で、険しく鋭く硬くて脆《もろ》い光で、ある意味では美しかったがギラギラ光るのでみんな目をすぼめないといけなかった。すごく明るくはあるのだけれど、何だかその光で見えているものは本当の姿とは違うように思えた。決して暗くならず、決して夜にならなかった、兄弟たちがやったのは決してやるべきでない、でもまあもしやるとしたら闇の中でこっそり、己を恥じつつ、心を捨ててやるべきことだったが全然暗くもならず夜になりもしなかったのである。兄弟たちは兄弟なのにそういうことをやった。

いつも明るくていつも目が眩《くら》みそうなくらいまぶしかった。白い雪がすべてを包み、すべてが清々《すがすが》しく純粋で汚《けが》れなく清潔で新鮮に見えて音も何となくそんな感じだった。つまり、すごく静かで、穏やかで、籠《こ》もった音だった。足音もごく小さなシュッ、シュッという音、用心深い猫の足音のようであってほとんど何も聞こえなかった。雪が針葉樹の葉や枝に降る音、雪が宙を落ちていく音、白の音で、息よりも小さい、ほとんど無の音。

あまりに静かで耳をそばだてないといけなかった。

あまりに聞こえづらいので、兄弟たちは聞こうとするのをやめた。

やがてまったく聞こえなくなった。

たぶんこれも彼らの本性だった。

フクロウも一羽いた。木の中に棲んでいて、そこから外を見て、ため息をついて、首を横に振ったので時おり雪の積もった枝が揺れて雪が落ちた。誰かが下にいると顔を上げて見たりもしたがたいていは誰もいなかった。兄弟たちは忙しかったのだ。フクロウの方も、すべてから距離を置こうと努め、兄弟たちのやっていることから離れていようと努めた。自分が止められるわけではなかったけれど、見ていて我慢できない時もあったのだ。

「フー?」とフクロウは言った。「フー? フー?」誰?

だが兄弟たちの誰も答えなかった。

それから、すがるように、涙ぐんだように、「ホワイ？　オー、ホワイ？」とフクロウは言った。なぜ？

でも同じだった。誰も聞かなかった。

時にフクロウは、「ウェン？」とも言った。いつ？

だが彼らは無視した。

フクロウは辛かったが諦めなかった。まあほとんど独り言みたいなもので、ペチャクチャブツブツメソメソ、狂者みたい、バッグレディみたい、誰にも聞いてもらえないそこらへんの馬の骨みたいなものだったけれどフクロウは問いつづけた、「フー？」「ウェン？」。なぜなら、ひょっとしたらひょっとして、まあ期待というと強すぎるのだけれど、いつの日か兄弟の誰かが聞くかもしれないから。

昔からずっとやってきたからか、そうする必要があると思ったからか、それが彼らの本性だからか、兄弟たちは自分たちがいつもやることをやった。それとも理由なんて全然なかったのか、それがすべてのものの本性なのか。

いつも冬で、兄弟たちは自分たちがいつもやることをやった。やることのうちいくつかは大したことじゃなかった。ぶらぶら立っていたり、ふらふら歩いたり。行ったり来たり、ぐるぐる回ったり。そのへんに腰かけて、両手を組んだ。集まって会合を開き、いろんなことを処理し、相談し、討論し、インプットした（彼らの誰一人、それをわざわざ聞く必要はなかった）。瞼が垂れて、肩が丸まって、昼寝して、鼾《いびき》をかいて、居眠りして、ほかにやるべきことをいろいろ考え出した。

そういうことのいくつかは、ほとんど何でもないことだった。

けれど中には、何でもなくないこともあった。

中には恐ろしいこともあった。

そして中には、もっとひどいこともあった。

ある日、いつもとほぼ変わらない日、兄弟たちは自分たちがいつもやることをやっていた。群れを成して、兄弟たちの一人の周りに、チームになって、輪に、集合体に、暴徒になって集まり、その一人を蹴り、叩きのめしていた。その一人は雪の降った白い綺麗な地面にしゃがみ込み、やめてくれ、お願いだからやめてくれ、と彼らに訴えていたがむろん誰も聞きはしなかった。みんなその一人に石を投げていた、大きな、ものすごく大きな石を投げていた、何せその綺麗な白いすべてを包み込む雪の下は嫌な、ぞっとする場所で馬鹿でかい嫌な感じの石ころだらけだったから。みんなでそいつを小突き回し、爪で目を抉《えぐ》り出し、素手で首を絞め、喉仏をスポーツシューズで踏み潰し、歯を折り、舌を引き裂いていた。絞首刑に処して、皮を剥いで、腸《はらわた》を抉り出して、岩やら丸太やらを使って一種レバーのような梃子《てこ》のような道具に仕立て上げ、そいつの手足を、軟骨や柔らかく弱い結合組織を狙ってビリビリ引き裂いていた。縄で吊し上げ、木から垂らした。

この日をいつもとほぼ変わらない日でなくしていたのは、この日兄弟たちの一人が、やられている哀れな奴とは違う一人、やられている奴にそういうことをやっているうちの一人が、何となく変な気分になったことだった。何だか自分の横を空気がさっと撫でていったような、自分の横がさっと一気に冷たく――もっと冷たく――なったような気がした。微風という感じだがそれほどでさえない。空気ほどの実体もない。もっと実質がない。もしかしたらそれは、その実質のないものは、空気の中か上にあるのかもしれなかった。何だかこのものならざるものが頭の横に近づいてきて、耳のそばに来て、耳の中に入ってきたみたいな感じだった。虫が入ったみたいに、何かがはためいたみたいに、耳がくすぐったかった。この一人は首を絞めたり皮を剝いだりする手を緩めた。ほかの兄弟たちが気づくほど変えはしなかった。すべての兄弟たち同様、そういうのは絶対まずいことを知っていたからだ。それでもそれなりに手を緩めて、もう何年も払っていなかった注意を払ったのだった。

それから、自分の一部がどこかから帰ってきたような気がしたけれどどこからなのかはわからなかった。何かが自分の舌先から、先っぽの先っぽぶん離れているみたいだったけれど思い出せなかった。それから両腕が急に重たくなって、痛くなった。いま自分が兄弟に対してやっていることをやり続けるのは肉体的に痛かった。自分の両腕が自分のものじゃないみたいに両脇に垂れた。ゴリラか人形か下手なB級映画のゾンビになったみたいに。そんなふうに立って、そんなふうに呆然と見ていた、何か自分におかしなところがあるみたいに。

それから、見える気がした。生まれて初めて本当に見える気がした。自分が、自分と兄弟たちが、自分の兄弟たちが、このもう一人に、彼らの兄弟に、物理的、肉体的にどれほど痛いことをやっているか見える気がした。

やられている奴を見てみると、本気で見てみると、自分の頭の横を過ぎていった冷たい、くすぐったい感触が何だったのかがわかった。あれは、何かが聞こえたのだ。

「フー？」と聞こえただろうか？

覚えていなかった。

「ホワイ？」とか？

よくわからない。

「ユー?」とか?
忘れてしまった。
「ユー?」(君か?)と聞こえたか。「ユー」(君だ)と聞こえたか。

この兄弟は手を止めて、立ち、見て、聴いた。雪が上の木から降るかのように降っていた。犬が遠くの音を聞こうとするみたいにこの兄弟は首を傾けた。それからすごく、注意を惹かぬようすごく慎重に、わずかに一歩下がった。赤ん坊のような一歩だったけれど、それとともに、自分の体の下で、雪がシュッと落ちる音、雪のてっぺんの層が弾ける音、木から雪が降る音が聞こえた。そしてもう一歩下がると、自分の体の音が聞こえた。脈が、息が聞こえて、目が何かを外に押し出そうとするみたいに瞬《まばた》くのが聞こえた。兄弟たちの群れと、やられている惨めな奴からもう一歩離れ、さらにもう一歩、今度の一歩はもっと大きくて、それから、そいつの音が聞こえた。やられている奴の激しく打つ脈が、ゼイゼイ喘ぐ息が聞こえた。そうしてもう一歩下がると、兄弟たちの群れの音が、彼らがそいつにやっていることすべての音が聞こえた。さらにもう一歩下がると、すっかり群れの外に出ていた。走っていた。逃げ出した。

兄弟を叩きのめすのに忙しくて、兄弟たちは兄弟のもう一人が自分たちに背を向けて出ていったことに気がつかなかった。

たぶんただ一人気づいたかもしれないのは、真正面から向きあっていたからだが、みんなにやられている奴だった。でもそいつは自分を護ろうと両手を頭の上に掲げ、石や電気の通った棒や突き串を避けようとしゃがみ込んで顔をそむけるのに精一杯で、それでも石や棒や串から逃げられはしなかった。だからそいつも気づかなかったかもしれないけれどひょっとしたら気づいたかもしれない。見えたならせめてもの慰めじゃなかっただろうか、脳味噌がぐじゃぐじゃに潰れる最後の一打の前に、兄弟たちの一人がほかの連中がやっていることをやめてそこに背を向ける姿が見えたなら。

その一人は背を向けて、走った。走りながら、さらにいろんな音を聞いた。人の群れが誰かを叩き殺しているのは静かとは言いがたい。が、奇妙なことに、兄弟たちと一緒になってそういうことをやっていたあいだは、自分が、自分たちが誰かに対してやっていることの音が全然聞こえていなかった。やっている最中はすべてがテレビ番組みたいだった。ずっとずっと昔のどこか遠い場所をめぐるドキュメンタリードラマを音を消して見ているみたいだった。自分も——兄弟みんなみたいに、だろうか？——自分のやっていること、自分たちみんながやっていることを見ているのだけれど、本当に見えてはいない、聞こえていない、やってさえいないみたいだったのだ。誰かほかの人間がやっているみたい——いや、それですらなかった。誰もそんなことやっていないみたい、ただそれが起きているだけみたいだったのだ。あたかも、すべてひとりでに。彼らがそういうことをやっている奴が、過去に彼らがそういうことをやった奴もそうだったし未来にやる奴もそうなのだろうけど、そいつがいまひとつリアルでないような、人間ですらないような、ぜったい兄弟なんかじゃないような気がしたのだ。でもそうだったのだ。兄弟だったのだ。みんな兄弟だったのだ。

けれども、その一人がそれに背を向けて離れていくとともに、あたかもリモコンのミュートが解除されて音が聞こえるようになったかのようで、一歩遠ざかるたびに音量も大きくなっていく気がした。走れば走るほどますます大きくなって、何か変テコなスーパーマンばりのX線視力が生じたみたいな、でもそれが視力でなくて聴力であるみたいな、そんな感じでやられている奴の驚きの声を聞いたのだ、聞かないなんて不可能だった、それからそいつの訴える声、泣き叫ぶ声を聞いたのだ、喘ぐ息を、激しく打つ脈を、石一つひとつが肌にバシッと当たる音を、小突く音引き裂く音掻《か》き切る音血の音ぐじゃぐじゃな音骨にひびが入る音喉がゴロゴロ鳴る音やめてくれと言おうとする音が聞こえてそれからさらに石や拳骨がバシッと当たる音がして、一つひとつ故意の、残酷な、邪悪なこと、一つひとつの恐ろしく考え抜かれた人殺しの音が聞こえたのだった。

この一人はそれが聞こえないくらい遠くまで走ろうとしたかもしれないけれど、無理だった。

精一杯遠くまで走って、どこかの丘に出た。

丘には誰も行かなかった。少なくとも一人では行かなかった。

でもこの一人は実のところ前に丘に行ったことがあった、ただし一人ではなく兄弟たちと一緒に。誰かほかの兄弟を追いかけて群れを成して丘まで行ったのだ、その誰かも目を惹かぬよう、精一杯目立たぬよう兄弟たちがやっていることをやめて、はじめは気づかれもせずに逃げたのだった。それから兄弟たちが、やっつけていた一人目を片づけると、誰かが――決して一人ではなく何人かが、グループというか集団というか塊というかが――誰か一人がいなくなったことに気がついて追いかけていったのだった。

この一人も、そういうことを全部、体のどこかでわかっていた。つまり、かつてそれがわかっていていつしか忘れたのだったがいままた思い出した。兄弟たちが追ってくることがこの一人にはわかった。兄弟たちが何をするかがわかった。

兄弟たちが目下やっつけている奴を片づけるまでにまだしばらく時間がかかることもわかった。だから、急げば、帰っていって、そっと環の中に戻って、いなくなっていたことにも気づかれずに済む。そうすれば当面、痛い目に遭ったりもせずに済む。そういうことを、少しのあいだ考えた。木の下に腰かけて、考えた。

長いこと走って、疲れていた。ほとんど力尽きていて、激しく打つ脈と、疲労した息とが聞こえたが、それとともに、もうずっと上まで来たのに、やられている奴がやられている音が聞こえた。そいつの激しく打つ脈が、疲労した息が、兄弟たちがなおも奴にやっているひどいことの音が聞こえた。息をひそめてさらに耳を澄ますと、そういう音が止むのが聞こえた。そいつが、向こうにいる奴が息絶えて、もう何もなくなったのだ。少しのあいだ、また聞こえなくなったのか、元に戻ったのかと思ったが、違う、聞こえている、その不気味な、息絶えたあとの沈黙が聞こえていた、本物の沈黙が、自分や兄弟たちが聞こうとしないなかで聞いた、というか聞かなかった偽の沈黙とは違う沈黙が聞こえた。それは本物の沈黙で、ひとつの物自体だった。誰かが死んだ音だった。

この兄弟は頭を両手で覆い、しくしく泣いた。しくしく泣きながら、やられた奴は誰だったろうと考えた。そんなことはいままで考えたこともなかった。やられた哀れな奴らが誰だったのか、自分たちが片づけた奴らが誰だったのか、名前はあったのか髪は何色だったか瞳は何色だったか、何がそいつらを兄弟たちと違う身にしていたのか同じにしていたのか、肌は何色だったか太っていたか痩せていたか人を愛したことはあったか。

「フー」と一人声に出して言ってみた。Who was that guy、そいつは誰だったのか？

わからなかった。わからないのは、ひとつには、訊きもしなかったからだと悟った。誰かほかの兄弟にあれこれ訊くなんてしたことがない。と、もし誰かがずっと前に自分に言おうとしたとしても聞かなかっただろうと悟った。もしかしたら自分と兄弟たちが殺した奴は、いままでたくさん殺したなかの誰かは言おうとしたのに、誰も聞かなかったんじゃないか。

「フー？」もう一度自分に訊いた。「フー？　フー？」

それから、もっと考えた。

「ホワイ？」大声で叫んだ。なぜ自分と兄弟たちはこんなことをしたのか？　なぜいまだにしているのか？

それから、どうしてそんなことができたんだろうと考えた。

「ミー？」と考えた。「ミー？」僕が？

顔を両手に埋《うず》めて、しくしく泣いた。

木の下で、雪に埋《う》もれていた。頭上の枝でざわざわと、何かが動いているような、あるいはさっきまでいたものが飛び立ったような音がした。そっちを見上げた。何かがあったのにもうなくなった枝を見上げて泣いた。

自分がやったこと、兄弟たちがやったことを想って泣いた。兄弟たちが意図的に、残酷に、邪悪に、酷《むご》く、あたかもそれが自分たちの本性であるかのようにやったことを想って泣いた。

私はさっき、兄弟たちはこの一人が逃げたことにしばらくは気づかなかったがそれもしばらくでしかないと言った。やがて彼らは気がついて、追いかけてきた。

私たちの兄弟は、彼らが背後からやって来る音を聞いた。踏み鳴らす足音、やる気満々の息、嬉しそうに唸《うな》り、叫ぶ声を聞いた。

これまでの自分を想えば、何を言おうとやろうと彼らを止められはしないことが私たちの兄弟にはわかった。何を言おうとやろうと彼らを変えられはしないことがわかった。

なぜ自分は変わったのかはわからなかった。なぜ不意に、恩寵でも得たかのように突然、彼らに聞こえないことが聞こえたのか？　それが自分の本性なのだろうか。

一人じっと、彼らが来るのを待った。

じきに彼らが襲いかかってきて、彼らがいつもやることをやるだろうとわかった。でももしかしたら、と私たちの兄弟は、まあ期待したというのは強すぎるかもしれないが考えはした、もしかしたら兄弟たちの一人は襲ってこないかもしれない。もしかしたら兄弟たちの一人は、動きを遅くするか、止まるか、あるいは誰にもわからない理由で冬の空気のなかに何かを聞いて、変わるんじゃないか。

新たな本性に従って、違う気持ちで私たちの兄弟は待った。彼らがやるであろうことを憐れみ、赦す気持ちで私たちの兄弟は待った。

ゼペット

一人の老人が木の人形を作った。優しい、親切な老人で、気持ち悪かったり意地悪かったりじゃなかった。老人は木の人形を作って、人形を愛した。人形を本物にしたかった。「本当の男の子?!」と老人はほとんど叫びだしそうで、すごく嬉しそうだった。老人はその子を愛したかった。

でも男の子は、人形は、そんなことを望まなかった。生きたくなんかなかった。なぜなのかは知りません。時には理由があったりもします。嫌なことが起きるとか、物事がうまく行かない、はじめからうまく行かなかったり途中から悪くなったりとか。でも理由なんてないこともあるのです。

妖精が窓から入ってきた。ペンキを塗った耳に妖精は歌を吹き込んだけれど、人形は生きたくなかった。

老人は、ゼペットは、ひどく悲しんだ。猫も全然助けにならなかった。老人は男の子に生きてほしかった。すごく楽しいんだよ、友だちもできるし、走って遊んで子犬も飼って。子犬が飼えるんだよ！　老人は人形を抱いて、ピカピカ光る可愛い目に見入り、精一杯の想いを込めて、ピカピカ光る深みをのぞき込んだ。お前を愛しているよ、と老人は言い、胸いっぱいの愛を人形に送った、そう、ありたっけの愛を！　老人は本当に人形を愛していた！　ほとんどそれが男の子であるかのように、本物で、男の子で、息子であるかのように。人形を胸に抱き寄せて、優しい言葉、愛情のこもった言葉をささやいた。抱きしめて、歌をうたってやり、頭にキスして、というか頭にかぶった黄色い帽子にキスして――老人は全然変態っぽいところはなかった、これはそういう話じゃないのだ――世界のこと、美しい生きた世界のことを人形に話してやった！　野原のこと、夏とか春とか季節のこと、空のこと、太陽や兎やシマリスやアイスクリームやアップルパイや野球や子犬のことを。お前に子犬を見つけてやるよ！　ニコニコ笑う月や、きらきらウィンクする星々のことを老人は話した。

でもそういうことがすごく、すごく長く続いても、人形は生きたくなかった、男の子になりたくなかった、老人はもうそれ以上できなかった。コツコツ働いている自分を人形が見下ろせるよう、老人は人形を棚の上に戻した。時おり気がつくと頭の中で人形に話しかけていたけれど手は休めなかった。老人には、ゼペットには、時おりそれが慰めになった。

老人はすごく歳をとって、死にはじめた。ベッドに横たわって、ぜいぜい喘ぎ、ひどく痩せていった。村の老いた女たちが、スープやパンを持ってきてくれて、体を洗ってくれて、何かと助けてくれた。女たちは優しかった。猫も老人のもとに留まり、老人を暖かく保った。ゼペットはいつも誰に対しても優しかったから誰もがゼペットを精一杯愛したけれど、ただ一人の子の愛し方で愛した人はいなかった。老いた女たちは留まり、待った。冷たく湿した布で顔を拭いてやり、髪を撫で、慰めの言葉をささやいた。老人は子供みたいな小さな音を立てた、愛されている小さな生きた子供みたいな。ほてった顔を女たちが布で拭いてやると老人は動物みたいな小さな音を立て、女たちは髪を撫でつけてぽんぽんと叩き、大丈夫よ、とささやき、それでいいのよ、かわいそうな坊や、かわいそうな人、かわいそうな愛しいゼペット、とささやいた。乾いた、ひび割れた唇に女たちはそっと油を塗ってやり、目からやにを拭きとった。手をぽんぽん叩き、手を握り、頬を撫でた。部屋の明かりは黄昏か夜明けみたいに静かに保った、物事がいまにも変わるときみたいに、新しい空気が来るときみたいに。

老人はますます眠るようになりますます夢を見るようになって、眠っていても目覚めていても、部屋にいない人たちに向かっていろんなことを言うようになった。老いた女たちにはその人たちが見えなかったけれど、老人の目が瞼の下で動くのを見て、老人が女たちには聞こえないことを女たちには見えない人たちに向かって言うのを聞いて、老人のことを想って女たちは喜んだ。

老人は幸せに寝床に横たわり、息子が布で顔を拭いてくれた。息子は時に黄色い帽子をかぶった男の子で時にはもう立派な大人、優しくて逞しくて愛情深い大人だった。時には男の子、時には大人、でもいつでも父親を愛している男の子で大人で、父親の手を握って髪を拭って髪を撫でて頬に触って、愛しているよ、いつまでも愛しているよ、これからもずっと、いつも感謝しているよ、いつも生きているよ、父さんの息子でいられていつも嬉しいよ、と父親に言うのだった。

おばあさまの家に

森へ行きなさい。何も見えないところへ入って行きなさい。闇のなかに行きなさい。

迷子になりなさい。泣きなさい。転びなさい。死にたくなりなさい。やってみなさい。やりたくてもやれず。

あなたはお母さんに送り出されました。もう潮時です。あなたはバスケットを与えられました。あなたにはバスケットが必要なのです、まだあなたはそのことを知らないけれど。

森は暗い。

シュッ、シュッ、神秘な音。葉がクシャッと崩れる、枝がポキポキ折れる、ひたひたという足音。どろっとした響き、足がぽこっと鳴る、足が地面から剥がれてズブッと鳴る。何かがつつく、そよぐ、うなる。見守る音。

「おばあさまの家に」とお母さんは言いました。あなたはいい子でいようとしたけど、この覚悟はできていなかった、お母さんを失うこと、もう子供でなくなることの。生きていることのどれだけ多くが、失うことかと知ることの。

一人で道がわかるなんて、あなた本気で思ったの？　持ってるものだけで持ちこたえられると？　だからいま、お母さんはあなたを送り出したの？　どれくらい時間がかかるかお母さんにはわかっていて、いまあなたが出かければ、お母さんを待ち受けているものをあなたが見なくて済むと思ったから？

持っていきなさい、とお母さんは言った——あなたの体を。あなたの心を。体、心、命を。悪いところも持っていきなさい。そう、己の悪いところを、死にたい気持ちを、転んで隠れて迷子になる自分を、焦がれて欲しがって傷つく自分を、欲しがる心を。

森は暗く、空気は濃い。ヒソヒソ、チッチッ、カーカー、ガリガリ、ゴソゴソ。ギシギシ、ペタペタ、トントンと突っつく、放たれ、解かれ、朽ちる、堆肥ができて緑が生まれる。あなたの後ろ、周り、前——ああ！あなたには見えない何か。

おばあちゃんのうちまで　どれくらい？
一人でいるのは　どれくらい？

＊

影だか、音だか、後ろで、前で。横で、目の端で。心が怖がっている。

あなたは叫ぶ、叫ぶ、お母さん？

誰が自分を　あなたに与えてくれた？　それ以外　ひとは　ひとに何を与えられる？

その人は斧を持っている。「おばあさまの家に？」とその人は訊くけれど、もうすでにあなたと一緒に径《みち》を歩いている。斧を持っていて、あなたと一緒に、あなたと並んで、静かに歩く、先を行く、あなたにあわせて。径をさえぎる枝を切ってくれて、あなたが休む必要のあるときは止まってくれる。夜には焚火をしてくれて、眠らずに起きていて、見張ってくれる。あなたが目覚めると目覚めていて、いつでも行ける用意はできているか、あなたを待っていてくれるかしている。時おり、あなたが疲れると、バスケットも持ってくれる。

あなたと木こりは狼に出会う。狼がそばをひたひた歩くのがあなたに聞こえなかったことは一度もない、あなたが怖くなかったことは一度もない。

いつも恐れて、狼の歯と顎を、恐ろしい爪が届くのを夢に見てきた。いろんなおはなしをあなたは知っている。

狼はあなたたちと一緒に、近くに、でも届かないところを歩く。夜になると焚火の光で、森のなかに狼の目が見える。木こりが食べ残しを置いてやるようになる。狼はあなたたちについて来て、夜にあなたたちが野宿している周りを歩き回る。

歳をとったころには、歳をとったせいでか、狼は大人しくなっている。狼は木こりのペットになっている。歯が一本抜けた、足をひきずった、年とった、罠の傷が残る狼、両目から茶色いべとべとが出ている。耳は裂けて、白くなってきた毛皮には怪我の跡。星々は巡り、周りの空は留まる。木こりはいまでは、斧を杖のようにして歩く。あなたが目を覚ますと暖かいのは、いびきをかいている老いた狼がそばにいるからで、柔らかい毛皮が毛布みたいに暖かい。

＊

おばあさまの家の窓に明かりが灯っている、暖炉もすでに燃えている。お入り。

あなたは扉を開ける。

テーブルがしつらえてある。ミルク、シチュー、パンの皿がある。暖炉が燃えている。狼は足をひきずり入ってきて、犬のようにごろんと、暖炉の前に寝転がる。暖炉のそばには椅子が二つあって、その向こうに部屋がある。そこはおばあちゃんの部屋で、おばあちゃんはそこで生きている。あなたにはうまく想像できない。

おばあさまはそこにいる？　いる。お母さんは？　お母さんも。木こりと狼は？　いる、どちらも。木こりのお父さんとお母さんも？　やっぱりいる。狼のパパママは？　それに子ども狼もみんな。狼たちを殺した男たちはどう？　いる、彼らさえも。誰一人置き去りにされないし失われないだろう、森をさまよう子供たち、可愛い女の子たち可愛くない女の子たちかつて可愛くなりたくて仕方なかった子たち、そう、みんないるだろう。王子様たちと兄弟たち、不具で貧しい人たち、傷ついた人たち、怒った人たち、心を痛めた人たち。王様たちと斃《たお》れた人たち、私たちが失った人たち、みんなそこに彼女と一緒にいて食べて、休んで、元どおりにして、忘れて、いいことだけ思い出して、よみがえるだろう、そう、私たちはよみがえるだろう。

謝辞

本書に収められた諸作品を最初に掲載してくれた雑誌・単行本——*The Stranger*, *PUSH*, *Filter*, *Common Knowledge*——の編集者の方々に感謝する。「誰かほかに」と「わたしをここにとどめているもの」は以前に刊行した私の短篇集 *What Keeps Me Here* (HarperCollins, 1996) に収められていた。「兄弟たち」はフライ美術館に展示されたロビン・オニールのドローイングに応えて書かれ、*Looking Together: Writers on Art* (University of Washington Press, 2009) に収録された。「デビーとアンジ」はハイデ・ハトリーのビジュアル作品に応えて書かれ、*Heide Hatry: Heads and Tales* (Charta, 2009) に収録された。「人魚」と「双子」はフェイ・ジョーンズの作品に応えて書かれ、*Golden Handcuffs Review* に掲載された。「天国ではなく、どこかよそで」はジェニファー・

ボルヘス・フォスターが私を含む何人かに「天国について書いてほしい」と依頼した際に生まれた。「ご婦人と犬」は誰かがガレージセールだかグッドウィル慈善リサイクル店で買ってボブ・レドモンドに売った絵画を見た私が何かの資金調達活動のために書いた文章である。いくつかの作品に関しては本書に収録するにあたって加筆訂正を施した。

表紙絵〔原書の〕を提供してくれたロビン・オニールに感謝する。

今回もまた、いつものとおり、クリス・ギャロウェイに感謝する。

レスリー・ハズルトン、クリストファー・フリゼル、イエズス会ジョン・ウィットニー神父、月曜夜のライティング・グループ、書く旅の仲間になってくれたみんなに感謝する。

訳者あとがき

「狼と叫んだ女の子」「ヘンゼルとグレーテル」「ハンプティ・ダンプティ」「ゼペット」……目次に並んだいくつかのタイトルを見れば、二〇一八年にアメリカで刊行されたこの本が、よく知られた童話や民話を語り直す本だということはおおよそ見当がつくだろう。

とはいえ、ではどういう視点・立場から語り直しているか、読めばひとことでまとめられるかというと、これがなかなかそうは行かない。たとえば「男性の視点から語られていたいろんな物語を女性の視点から語り直します」というふうにスッパリ言えれば売り出すには楽なのだが、読んでいるときの実感はもう少し複雑である。そしてそこが、実はこの本の大きな魅力でもある。切り口が定まっていて、どういう方向で語り直されるのか、

二、三本読めばあとは予想がつくような本よりも、ずっと豊かな読書体験をこの本は提供してくれる。

さりとてこの『天国ではなく、どこかよそで』という本、まるっきりバラバラで、物語同士なんのつながりもない、ということでもない。ストレートな怒りが噴き出していたり、屈折した自虐に貫かれていたり、厳しさと優しさが並行していたり、と、個々の作品の感触はそれぞれ違っても、〝A Cycle of Stories〟と原書の表紙や扉でも定義されているとおり、ゆるやかな循環・つながりの感覚が読み進めているうちに生じてくる。ではどういう循環がそこにあるのか、これまたひとことでまとめるのは難しいし、読者それぞれ感じ方も違うと思うが、たとえば、他人から鈍くさい・かっこ悪い・みっともないと見られがちな人々への共感を一度ならず示しつつ、流れとしては、怒り・哀しみ・自虐といった（どちらかといえば負の）感情から、次第に赦し・祈り・癒しといった（どちらかといえば正の）感情に向かっていく……とひとまずまとめてもそれほど無理はないと思う（ただし、最後に挙げた「癒し」あたりは用心が必要である。作者はある作品で、「癒える」という言葉を好むような善意の人々を痛烈に皮肉ったりもしているから)。

日本では、エイズで死んでいく人たちを介護した体験を元にした連作短篇『体の贈り物』(新潮文庫)や、母親の最期を看取るまでの日々を描いたノンフィクション『家庭の医学』(朝日文庫)などが広く読まれているので、レベッカ・ブラウンというと、まずは優しい人というイメージが強いかもしれない。

もちろんそういう側面はレベッカ・ブラウン作品のとても大事な一面であることは確かだし、本人の温かい人柄に触れてみるとなおさらそう思えてくるのだが、この本を通して、怒れる人、嘆く人、疚しい人、等々さまざまな面がこの人にはあって、それらがたがいに反響したり、打ち消しあったりして独自の豊かさが生まれていることを感じとっていただければと思う。

いつものレベッカ・ブラウン作品と同じく、シンプルな言葉を一つひとつつぶてのように投げつけてくるような力強さに満ちていて、論理的に読み解くというよりはまずは体感することを求めている文章だと思うが、いくつか説明を加えても損はなさそうな箇所について触れておく。

○15ページ後半　**昔のハロウィーンの手作りお化け屋敷風スパゲッティみたいに（……）葡萄が入っている**　ハロウィーンといえばカボチャを顔に仕立てるのが有名だが、あれと同じようにスパゲッティを顔に仕立て、目玉の代わりに葡萄を入れるのである。

○16ページ後半　**これ、「ディキシー」を口笛で吹くみたいに楽じゃありませんでしたよ**　伝統的なアメリカ南部を代表する歌「ディキシー」を踏まえて「ディキシーを口笛で吹く」という成句があり、「調子のいいことを空想する」の意。83ページ真ん中でも「単にディキシーを口笛で吹くだけじゃなくて」という言い方が出てくる。

○42ページ後半　**あちこちで絵を見てきたヨハネ**　洗礼者ヨハネの首を求めたヘロディアの娘サロメの物語は、無数の画家が題材として取り上げてきた。

○50ページ前半　**日本映画に出てくるあの黒いやつ**　著者の念頭にあったのは『となりのトトロ』のまっくろくろすけだそうである。

○53ページ後半　**ロジャー・ダルトリーは何マイルも見通した**　ここで話題にされているザ・フーのアルバム『セル・アウト』にはヒット曲"I Can See for Miles"（僕は何マイルも見通せる　邦題「恋のマジック・アイ」）が入っている。

○70ページ前半　**世捨て人ブー・ラドリーの家の庭みたいに**　ハーパー・リー一九六〇年のベストセラー『ものまね鳥を殺すのは』（旧邦題・映画版邦題『アラバマ物語』）の登場人物への言及。

○78ページ後半　**王様の馬たち全部をもってしても**　ハンプティ・ダンプティは元々マザー・グースの登場「人物」。「ハンプティ・ダンプティ へいにすわってた／ハンプティ・ダンプティ おっこちた／王さまの馬と家来 総出でがんばっても／ハンプティを元にもどせなかった」。

レベッカ・ブラウンのこれまでの著書を以下に挙げる。特記なき限り訳は柴田。

The Evolution of Darkness (1984) 短篇集
The Haunted House (1986) 長篇
The Children's Crusade (1989) 長篇
The Terrible Girls (1990) 短篇集
Annie Oakley's Girl (1993) 短篇集『私たちがやったこと』マガジンハウス、新潮文庫
The Gifts of the Body (1994) 連作短篇集『体の贈り物』マガジンハウス、新潮文庫
What Keeps Me Here (1996) 短篇集
The Dogs (1998) 動物寓話集『犬たち』マガジンハウス
Excerpts from a Family Medical Dictionary (2001) ノンフィクション『家庭の医学』朝日新聞社、朝日文庫

The End of Youth (2003) 短篇集『若かった日々』マガジンハウス、新潮文庫
Woman in Ill-Fitting Wig (2005) 絵と文『かつらの合っていない女』思潮社（絵ナンシー・キーファー）
The Last Time I Saw You (2006) 短篇集
American Romances (2009) エッセイ集
Not Heaven, Somewhere Else (2018) 本書
You Tell the Stories You Need to Believe (2022) エッセイ集

その他の邦訳は以下のとおり。

"The Princess and the Pea"（*What Keeps Me Here* 所収）「お姫さまとエンドウ豆」『すばる』二〇〇五年四月号
"Bread"（*What Keeps Me Here* 所収）「パン」『飛ぶ教室』第八号（二〇〇七年冬）、『昨日のように遠い日』（文藝春秋）
"The Last Time I Saw You"（*The Last Time I Saw You* 所収）「最後にあなたに会ったとき」『Paper Sky』二十九号（二〇〇九年四月）

"A Child of Her Time"（*American Romances*所収）「時代の子供」『Monkey Business』四号（二〇〇九）

"Hawthorne"（*American Romances*所収）「ホーソーン」『Monkey Business』十号（二〇一〇）

"Hemingway's Valise"（日本の読者のための書き下ろし）「彼が置き去りにしたもの」『MONKEY』三号（二〇一四夏冬）

"An Early 80s Playlist"（日本の読者のための書き下ろし）「80年代前半プレイリスト」『MONKEY』六号（二〇一五夏冬）

また、『私たちがやったこと』収録の「私たちがやったこと」（"Folie a Deux"）は『お馬鹿さんなふたり』の邦題で野中柊さんがいち早く翻訳している（光琳社出版、一九九九）。

レベッカ・ブラウンはこれまで四度来日し、そのたびに朗読会などで読者と交流し、温かい人柄で多くの読者を魅了した。いずれまた来日してくれることを願っている。

この翻訳書の刊行はtwillightの熊谷充紘さんの熱意によって実現した。二〇二二年、熊谷さんのディレクションで、この本に収められた一篇「ゼペット」に金井冬樹さんが素晴らしい絵を描いてくれて、横山雄さんが装幀してくれて、多くの読者に愛される絵本が出来た。そして今度は全篇を、と話が広がり、ふたたび指揮＝熊谷、絵＝金井、装幀＝横山と理想的なメンバーで本を作ることができた。熊谷さん、金井さん、横山さんにお礼を申し上げます。

この本を通して、レベッカ・ブラウンの新しい魅力を多くの皆さんが発見してくださいますように。

訳者

レベッカ・ブラウン
Rebecca Brown

1956年ワシントン州生まれ、シアトル在住。作家。翻訳されている著書に『体の贈り物』『私たちがやったこと』『若かった日々』『家庭の医学』『犬たち』、ナンシー・キーファーとの共著に『かつらの合っていない女』がある。『体の贈り物』でラムダ文学賞、ボストン書評家賞、太平洋岸北西地区書店連合賞受賞。

柴田元幸
Motoyuki Shibata

1954年、東京生まれ。米文学者、翻訳家。『生半可な學者』で講談社エッセイ賞、『アメリカン・ナルシス』（東京大学出版会）でサントリー学芸賞、『メイスン＆ディクスン（上・下）』（トマス・ピンチョン著、新潮社）で日本翻訳文化賞、2017年には早稲田大学坪内逍遙大賞を受賞。文芸誌『MONKEY』の責任編集も務める。

天国ではなく、どこかよそで　ign-023

2024年10月25日　第1刷発行
2025年3月11日　第2刷発行

著者	レベッカ・ブラウン
訳者	柴田元幸
発行人	ignition gallery
発行所	twililight 〒154-0004 東京都世田谷区太子堂4-28-10 鈴木ビル3F ☎090-3455-9553　https://twililight.com/
装画	金井冬樹
デザイン	横山雄
印刷・製本	モリモト印刷株式会社

落丁・乱丁本は交換いたします

ISBN978-4-9912851-8-9　C0097

Printed in Japan